集英社オレンジ文庫

# バスケの神様

## 揉めない部活のはじめ方

木崎菜菜恵

本書は書き下ろしです。

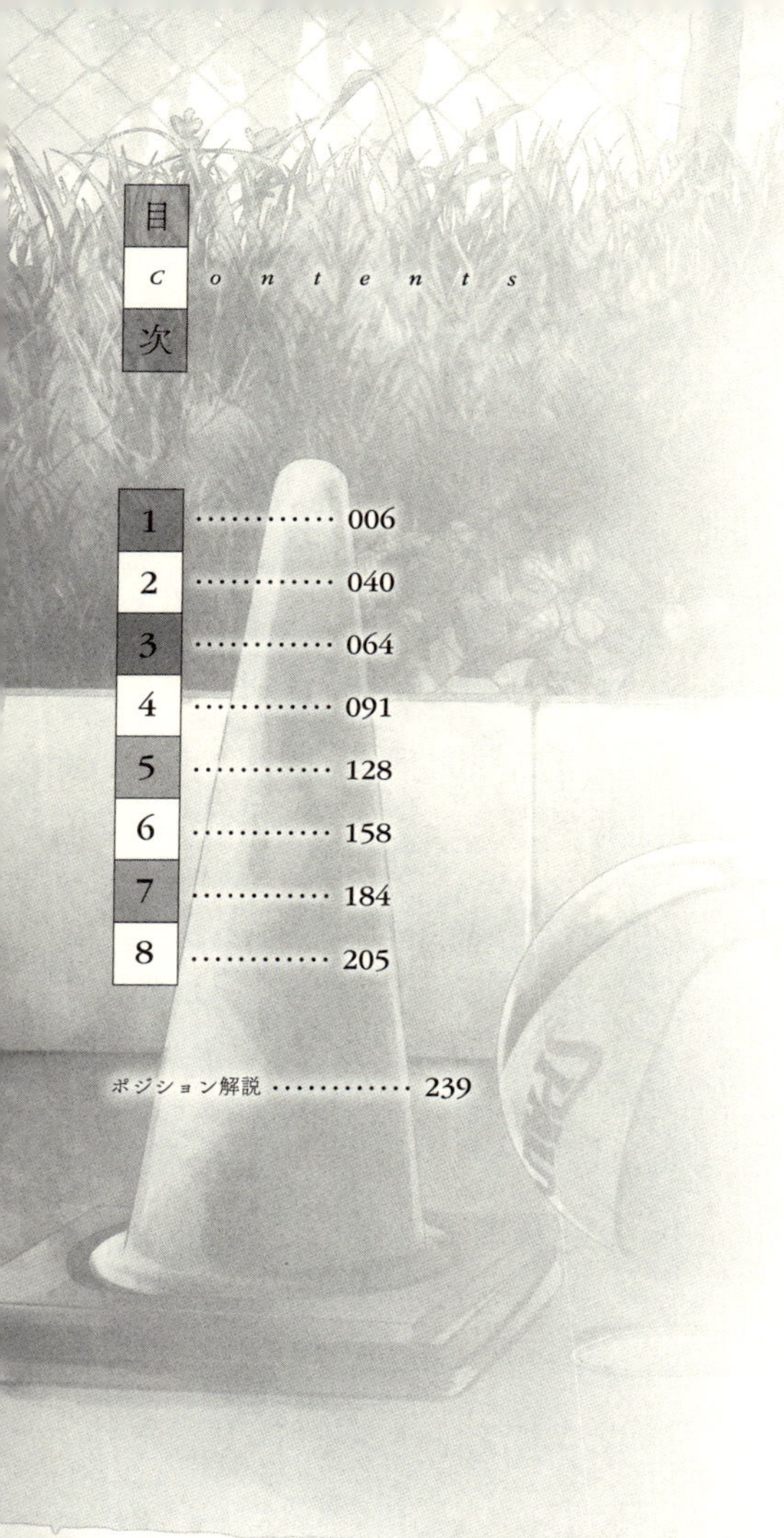

# 目次

*contents*

## *Characters* 登場人物紹介

葉邑《はむら》　郁《いく》
杏城高校一年生。バスケットボール強豪高校付属の中学で、バスケ部に所属していたが、熱くなるあまり他の部員に疎まれてしまった過去を持つ。

光原淳哉《みつはらじゅんや》
杏城高校三年生。杏城高校バスケットボール部主将。一年生の時にバスケットボール部を設立した。

泉《いずみ》　藤丸《ふじまる》
杏城高校一年生。バスケットボール部所属。大柄で温和な性格。

黒田武士《くろだたけし》
杏城高校二年生。バスケットボール部所属。寡黙。

風間《かざま》ミドリ
杏城高校三年生。バスケットボール部所属。淳哉曰く、「頭と性格が悪い」。

光原《みつはら》リオ
杏城高校一年生。淳哉の妹。

バスケの神
揉めない部活のはじめ方
木崎菜菜恵
Kizuki Nanae
集英社オレンジ文庫

# 【1】

不意に、あんずの甘い匂《にお》いがして、葉邑郁《はむらいく》は我に返った。

気持ちのいい朝だ。

薄青色に晴れた空に、刷毛《はけ》で引いたような薄い雲が広がっている。

数百メートルほど続くなだらかな上り坂は片側が土手で、その下に線路が走り、もう片側には民家が立ち並んでいた。

家々の合間を埋めるように咲き誇るあんずの花は今、見ごろを迎えている。

「すげえ」

光りながら降ってくる花びらに、郁は思わず目を丸くした。いったいいつの間に咲いたんだ、と驚きかけ、すぐにそんな自分に呆《あき》れる。

花が一瞬で満開になるわけがない。少しずつ咲いていたことに、自分が気づかなかっただけだ。

それほど集中できていたのに、雑念が混ざってしまった。

「ふー」

ランニング中だと自分に言い聞かせ、汗で額《ひたい》に貼りついた前髪をかきあげる。

腕時計を見ると、八時少し前。七時前に家を出たので、まずまずのペースだ。

(別に、歩いたっていいけどさ)

着ていたTシャツの袖《そで》で汗をぬぐい、郁は再び走り出した。肩に斜め掛けしたショルダーバッグが、動きにあわせてリズミカルに揺れる。


ここ、杏城《あんじよう》市は豊かな自然に囲まれたのどかな町だ。

山を切り拓《ひら》いたために坂が多く、西の一画をのぞいて丘陵《きゆうりよう》地帯が広がっている。西には海水浴のできる湾があり、夏にはヨットレースやサーフィンなどのマリンスポーツが行われていた。

町に高層ビルはなく、一軒家が多い。

都会では失われて久しい穏《おだ》やかな昭和の空気が、今日も町に漂っている。

時に、腹立たしいほどに。

「おはよう、葉邑!」

「げっ」

走っている最中、背中にはつらつとした声がかかって、郁はとっさに身構えた。

無視したいが、それもできない。言い知れないプレッシャーを感じて振り返ると、自転車に乗った青年がぐんぐんと坂を登ってくるところだった。

スポーツマンらしい短髪の、長身の男。

袖と襟元《えりもと》にラインの入った黒いブレザーの制服を着ていて、ストライプ柄《がら》のネクタイを締めている。「三―C」と書かれた胸もとのクラス章が、春の太陽を受けてきらりと光った。

「葉邑はこの時間に通学してるんだってな。空《す》いてて、走りやすいだろう」

自転車に乗ったまま、青年はランニング中の郁にぴたりと並んだ。坂を登っているとは思えないほど、自転車は少しもぐらつかない。

「七時台だと運動部の連中が登校しだすから、結構混むんだ。八時前は一般の生徒も少ないし、ねらい目だな」

「はあ……」

「このあと制服に着替えるんだろう？　どこで着替えてるんだ？　教室か？」

「……いや」

「トイレかどこかを使ってるなら、体育館の更衣室のほうが便利じゃないか？　鍵《かぎ》さえ開いていれば、更衣室は自由に使えるよ」

「へえ……」

話しかけるな、というオーラを全身から発しているのに、青年は一向に気にしない。

顔立ちは日本人そのものだが、瞳《ひとみ》の色だけが違う。

緑色と茶色が混ざった不思議な色。ハシバミ色というらしいが、瞬《まばた》きのたびに微妙に色を変えるその目が、郁は少し苦手だった。

（なんか不気味っつーか）

なにを考えているのか分からない気がする。

もっとも、彼を苦手視する本当の理由は瞳の色などではない。

――杏城市立杏城高校三年生の光原淳哉《みつはらじゅんや》。

彼は入学式から今日までの一週間、授業間の休み時間になるといつも郁のいる一年A組を訪れた。

部活勧誘が許されている今の時期、一年の教室に来る上級生は多いが、毎日となるとかなり目立つ。大抵、新入生が上級生の熱意に負けて部に入るか、新入生がはっきりと断り、上級生が諦《あきら》めるかのどちらかだ。

そんな中、何度勧誘されても郁は断り、何度断られても淳哉は諦めない。

根競《こんくら》べのような一週間が経《た》ち、郁と淳哉のやり取りは一年A組の名物のようになっていた。

（どうしたら諦めるんだよ……）

あまりのしつこさに、途方に暮れる。

そもそも、自分が朝、走って登校していることなんてどこで知ったのだろう。

(俺は誰にも話してねえのに)

淳哉の底しれなさにゾッとする。

そっと横目で様子を窺《うかが》えば、ハシバミ色の目に郁の姿が映っていた。

身長は百六十八センチで、やや細身。極端に貧相というわけではなく、高校一年生の男子としてはごく一般的な部類だろう。

長めの前髪の奥で、吊り気味の目が困惑気《こんわくげ》に揺れている。

「葉邑、体力作りもいいけど、走るだけじゃ勘《かん》が鈍《にぶ》るだろう」

のんびりとした口調で、淳哉が言った。

世間話のようだが、声のトーンが明らかに違う。

「どうだ？　そろそろバスケ部に」

「入らねえ」

言葉を遮《さえぎ》るように言い捨てたが、淳哉は穏やかに目を細めるだけだ。

「なら、なんで毎日走ってるんだ？　陸上をはじめるっていうなら諦めるけど、そういうわけでもないんだろう」

「別に理由なんてねえよ。単に、電車の乗り換えが面倒なだけだ」

「ああ、葉邑は琴ヶ乃《ことがの》市から通ってるんだったな。向こうは栄えてるから、杏城市に来て驚いただろう。俺も十八年間ここに住んでるけど、隣町とは思えない」

淳哉は敬語を使わない下級生を怒るでもなく、ごく普通に会話を続けてくる。

気にしていないのだろうか。……いや、そんなはずはない。きっと目的のために、不快感を面《おもて》に出さないいだけだ。

（騙《だま》されねえぞ）

普通にしゃべるだけでも、郁は相手を怒らせる。

——言い方がきつい。すぐ怒るなよ。偉そうにして何様のつもりだ。むかつく。死ね……。

大勢の人に何度もそう言われれば、さすがに自分に非があると郁もわかる。

なおそうとした。落ち着いて話そうとした。だが、一度こじれた関係はどうにもならず、弁解しようとしては空回《からまわ》り、どんどん孤立していったのだった。

「琴ヶ乃市と比べたら不便なことも多いけど、杏城市もいい町だ。葉邑もきっと気にいると思うよ」

「そんなの、別に俺は」

「去年の県大会は惜しかったな。俺は、お前がフルで出場してたら、また違った結果になったかもしれないと思ってる」

「……ッ」

「一度の失敗で全部を投げ出すことはないだろ？　放課後、待ってるぞ」

淳哉は郁の肩を軽く叩《たた》くと、返事も待たずに自転車で坂を登っていった。

あんずの花が舞う中、その背中が遠ざかる。

「……なにも知らねえくせに」

思わず見送ってしまい、郁はうめいた。

立ち止まった途端、うだるような熱が身体《からだ》を包み、汗が吹き出す。

弾《はず》む息を整えながら、郁は歯を食いしばった。

一度の失敗、ではない。そもそも、県大会で自分は失敗などしていない。失敗できるほど長く出場していたわけでもないのだ。

（バスケはもう辞《や》める）

中学時代の失敗を繰り返すくらいなら、自分はこうして早朝に走っているだけでいい。

「そう……もう決めたんだ」

言い聞かせるように拳《こぶし》を握り、郁は再び走り出した。

なだらかな坂の上に、白い校舎が見えてくる。

＊　＊　＊

杏城高校は杏城市の高台に建っていた。

一学年六クラスずつある教室が本館に配置され、美術室や音楽室といった特別教科用の教室が新館に納まっている。新館の一階から延びた渡り廊下の先には体育館があり、三つの建物を線でつなげると、右に四十五度傾いたL字型になった。

「……帰るか」

その日の放課後、郁は帰り支度を終えて教室を出た。

廊下にはけだるい授業から解放されて、はしゃぐ一年生が大勢いる。

友人同士でおしゃべりに興じている者、連れ立って下校する者、部活へ行く者……。皆、入学してからまだ一週間しかたっていないのに、もう自分の居場所を決めている。

「……ッ」

彼らから目をそらし、郁は四階から足早に階段を駆け下りた。踊り場に作られた窓からは、新館校舎と正門をつなぐ散歩道《プロムナード》が見える。道沿いに植えられた満開のあんずの木が、雪のように白い花を降らせていた。

――杏城市はあんずの町だという。

もう数百年も昔のこと。

戦乱の世にとある武将がこの地を訪れ、美しく咲くあんずに感動して、付近一帯にその木を植えたという。

そして中心部に城を築き、国を成したのがこの町のはじまりなのだそうだ。

杏城という名の城は数百年たった今でも駅前に建っていて、連日観光客でにぎわっていると、入学式で校長が話してくれた。

(日本史は嫌いじゃねえけど……)

十六年間生きてきて、郁は杏城市の歴史をほとんど知らなかった。

今でもあんずと殿様に守られ、観光産業で身を立てている杏城市と、郁の住む隣町の琴ヶ乃市はまったく違う。

琴ヶ乃市は十年ほど前から再開発が進み、駅前に大型デパートやショッピングモール、高層ビルが立ち並ぶ。数年前、都心までの直通路線が開通したことでさらに活気づき、今ではファミリーマンションが多く建つ複合都市になっていた。

第二の都心、を合言葉《と》に、琴ヶ乃市は常に首都を意識している。反対方向にある杏城市のことなど気にも留めずに。

(俺もそうだ)

杏城市を嫌うのではなく、そもそも興味や関心がなかった。

だからなのか、今でもふとした時に「これは夢ではないか」と思ってしまう。

本当の自分はここにはいない。

杏城高校ではなく、もっと別の……。

「くだらね」

物思いに沈みそうになり、郁は考えを振り払った。

ショルダーバッグを担《かつ》ぎなおし、飛び下りるようにして一階に着地すると、昇降口に向かう。

下駄箱付近にクラスメイトが二、三人いたが、誰も郁に声をかけない。淳哉との攻防戦に興味を持たれてはいるが、あえて話しかけてくる者はおらず、郁もまた自分から彼らに近づこうとはしなかった。

これはよくないと自分でもわかっている。

入学したての今、クラスになじんでおかないと、この先どんどんハードルがあがるだろう。

郁も高校三年間を孤独に過ごしたいわけではない。

それでも今は、積極的に友人を作る気力がどうしてもわかないのだった。

「あっ、さよな……」

昇降口で靴を履《は》きかえた時、背後から小さな声がした。

控えめな少女の声だ。

きっと、そばにいた友人か誰かに挨拶《あいさつ》をしたのだろう。

気にも留めず、外に出た。柔らかい春風が吹く中、下校途中の生徒が正門に向かっている。

皆、笑顔だ。太陽も眩《まぶ》しい。

「……っ」

自分も正門に向かおうとしたが、足が動かなかった。

友人同士で楽しげに帰っていく集団に交ざれない。彼らの笑い声を聞きながら、一人で長い坂を下ることを考えるとゾッとした。

この一週間、何度も試したが無理だった。

結局この日も正門に行くことができず、郁は打ちのめされた思いで本館校舎の裏手に回った。

裏から本館を通り、体育館へ向かうと、ひっそりと裏門がある。裏門を出ると、正門から駅に続く坂に並走するように、細い路地が延びていた。

あんずの木もなく、うらぶれた路地。

孤独ではあるが、そこを通れば静かに帰れる。

「なっ」

　さっさと学校から出ようとして本館を回りこんだ瞬間、郁はぎょっとした。

「……アァ？」

　本館の裏に、数人の男が集まっている。

　大柄な少年がうずくまり、彼を囲むようにして老《ふ》け顔の男が三人立っていた。

　三人とも髪を脱色し、だらしなく制服を着崩している。一目で「不良」だとわかる風貌《ふうぼう》だ。

「なんだ、テメエ」

　郁に気づき、不良たちが睨《にら》みつけてきた。

　剣呑《けんのん》な眼光を受け、ぎくりとする。

　……今すぐ、来た道を引き返せば逃げられる。

「に、逃げて！」

　だが、郁があとずさるより早く、大柄な少年が叫んだ。不良たちから蹴《け》られたのか、腹を押さえて脂汗《あぶらあせ》を流しながらの第一声がソレか。

（バカか、あいつ！）

　他人のことを気にしている場合か。今はなにがなんでも助けてくれと言うべき場面だろうに。

　しかし気遣《きづか》われたことで、かえって覚悟が決まった。

「待ってろ！　今……」

「テメエ、やる気かよ!?」

地面を蹴って突進した郁に、不良たちが色めきたつ。喧嘩《けんか》慣れしているようで、ためらいなく殴《なぐ》りかかってくる。

（でも、遅い！）

先頭にいる男の懐《ふところ》に飛び込んだところで、視線を一瞬、右に投げる。

同時に、重心も右側に。

つられた不良たちを翻弄《ほんろう》し、郁は反対側に飛びのいた。

「な……ッ」

初歩的なフェイントだ。

ぎょっとする不良たちをしり目に、素早くその脇《わき》をすり抜ける。

彼らが手を伸ばすが、あと指先一つ分届かない。

一人。二人。三人。

あっという間に全員抜き去り、郁はその奥にいた大柄な少年の肩を摑《つか》んだ。

「立て！　逃げるぞ！」

「え？　ええっ？」

目を白黒させている少年に肩を貸して走り出す。

不良たちの怒声が聞こえたが、心なしか声は小さい。本館の表にいる一般の生徒たちに気づかれたくないのかもしれない。

（チャンスだ！）

目立つのは嫌だが、もし不良たちが追いかけてくるなら、大声で叫んでやろう。

郁がそう考えたのが伝わったのか、不良たちは追ってこなかった。

郁は少年を連れ、急いでその場をあとにした。


「おい、平気かよ？」

本館裏から新館の裏を抜け、裏門にたどり着いたところで郁はようやく歩調を緩《ゆる》めた。

振り返ったが、不良たちはもういない。諦めてくれたのだろうか。

「大丈夫……ありがとう」

郁が手を離すと、少年は若干《じゃっかん》よろけながらもうなずいた。ブレザーの制服にはいくつも靴の跡がついていたが、ひどい怪我《けが》ではなさそうだ。

改めて見てみると、少年は百九十センチを優に超えた長身で、横幅も郁よりも一回りは大きい。それでいて腹や顎《あご》にたるみはなく、鍛《きた》えていることがうかがえた。

（当たり負けしなそうだな）

無意識にそう考えている自分に気づき、郁は舌打ちをした。相手が大柄だろうが、小柄だろうが、自分には関係のないことだ。

胸もとのクラス章は「一―E」。同じ学年ならば、敬語も必要ないだろう。

「あいつら、お前の知り合い？」

慎重に周囲を見回しつつ、郁は尋《たず》ねた。

「何度も呼び出されてんなら、担任に相談しろよ。我慢してたら、ずっとタカられるかもしれねえぞ」

「へ、平気。さっきの人たちとは偶然会っただけで……。人を探してたら、ぶつかっちゃって」

「それで、怪我したから治療費払えとか言われたのか？　その時点で逃げろよ！」

「うん、ごめんね。きみまで危険な目に……」

「俺はお前を見捨てて逃げるつもりだったんだよ。謝んな！」

とっさに怒鳴ってから、郁はぐっと唇《くちびる》を噛《か》んだ。

（これだ）

なにかあるたび、自分はすぐに声を荒らげてしまう。

中学二年生の時もそうだった。

男子バスケ部で、不真面目《ふまじめ》な部員に注意したことがあった。

郁は怒ったつもりもなかったが、相手は悪《あ》しざまに怒鳴られたと思ったらしい。それから露骨《ろこつ》に無視されるようになり、彼と仲の良かった部員からも距離を置かれるようになった。

そうなると、次第に他の部員も気づきはじめる。

……今、葉邑は厄介《やっかい》ごとを背負っているぞ。こいつと一緒にいると、自分もとばっちりを食らいそうだぞ。

そんな空気が部内に流れたあとは一瞬だった。

中三になるころには、郁は男子バスケ部のほぼ全員から無視され、公式戦でもパスをもらえなくなり……ついにはコーチによって、先発出場《スタメン》選手から外されたのだった。

中学校の教師ではなく、雇われただけのコーチにとって、郁たちは生徒ではなく単なるプレイヤーだ。苦労して部内のもめごとを解決するよりも、郁一人を排除したほうが楽だったのだろう。

そんなコーチに腹が立った。

なにより、手間暇《てまひま》をかけるだけの価値が自分にはないと思い知るのがきつかった。

(あんな思いはもうごめんだ)

真剣にバスケをやろうとしたから揉《も》めたのだ。相手の欠点に目をつぶり、仲良くしないと孤立するなら、バスケ自体をもう辞める。

（俺はただ……）

あのチーム、で、試合に勝ちたかった。

……ただそれだけだったのに。


「行くぞ」

苦い記憶を振り払い、郁は無愛想にきびすを返した。

裏門の周りに植えられたあんずの木がハラハラと薄桃色の花を散らしている。その奥に建つ二階建ての体育館もまた、花に埋もれていくようだ。

きれいな光景だ。……今はまだ、その場所を冷静には見られないけれど。

極力体育館から目を背《そむ》けて言うと、大柄な少年が不思議そうに小首をかしげた。

「行くって、どこに？」

「お前、人探しの途中って言ったじゃん。さっきの奴らがまだその辺にいるかもしれねぇし、一人より二人のほうが安全だろ」

「付き合ってくれるの!?」

「……まあ、暇《ひま》だし」

ぱあっと少年の顔が明るくなる。

威圧感のある体型だが、とても温厚で人がよさそうだ。大きな顔の中、つぶらな瞳がぱちぱちと動く。

（なんか見覚えがあるような……って、ああ、そうか）

彼はアレだ。世界的に有名な、黄色いクマのキャラクターに似ている。

「あ、ありがとう！　僕、泉《いずみ》。一年E組の泉藤丸《ふじまる》」

「俺は葉邑……」

「知ってる！　行こう！」

「はっ!?」

自己紹介が終わらないうちに、突然腕を摑まれた。

「おい、どうしたんだよ、泉！」

急に走り出した藤丸に、郁は慌《あわ》てた。

先ほどの不良たちがまた来たのかと思ったが、どうもそうではないらしい。藤丸はまっすぐにあんず並木を駆け抜け、体育館のほうへ走っていく。

「待てよ！　そっちは……」

新館から渡り廊下でつながった、体育館の裏口が見えた。小さい鉄扉は薄暗い通路に通じていて、その先にはエントランスが広がっている。

新築ではないが、立派な造りだ。

正面には両開きの出入り口があり、片側には水飲み場やトイレ、更衣室がある。

その反対側にはメインアリーナに続く大きな扉がそびえ、中から複数の気配がした。

キュキュ、と聞き覚えのある音がする。

バスケットシューズ《バッシュ》がコートをこする音。

この音をこれ以上聞いていてはいけない。

これ以上、ここにいてはいけない。

この空気を思い出してしまったら、自分は……。

「……ッ！」

郁が反射的に藤丸の手を振り払った時だった。

「葉邑！　来たか」

どういうタイミングか、淳哉がアリーナから出てきた。「杏城」の文字とバスケットボールの刺繍《ししゅう》が胸もとに入った濃紺色のジャージを着て、手には数枚の雑巾《ぞうきん》を持っている。

逃げようとしたが遅かった。

裏口に続く通路は藤丸の巨体でふさがれている。

「連れてきました、キャプテン！」

「ありがとう、泉。お前に頼んで正解だったな」

「はい！　あっ、でも僕がなにかしたわけじゃないんです。葉邑くんが一緒に行くって言ってくれて」

「へえ？　それは……」

淳哉の目がきらりと光った気がして、郁は慌てた。

違う。誤解だ。その言い方では、自分が喜んでついてきたみたいではないか。

「泉、人探しって嘘《うそ》だったのかよ。騙すなんて、きたねえぞ！」

「えっ、嘘じゃないよ。僕、葉邑くんを探してたんだもの」

「なんで！」

「一緒に部活に行こうと思って。……ああっ、キャプテン、雑巾は僕がやります！」

藤丸は淳哉の持っていた雑巾に気づき、慌てて彼に駆け寄った。

バスケではバッシュの滑り止めのため、コートの周囲に濡れた雑巾などを置いておく。必要な準備だが、普通は一年部員がやるべき雑務だ。

（なのに自分でやっちゃうんだな）

郁が敬語を使わなくても怒らないところといい、淳哉は上下関係にこだわらない性格のようだ。

もっとも、それは郁が敬語を使わなくてもいい理由にはならないが。

（なんかタイミングを逃したっていうか……）

中学時代は先輩にもそれなりに敬語を使っていたが、淳哉とは出会いかたが悪かった。

今も警戒心が先に立ち、話し方を変えられない。

た。

「葉邑、泉を責めないでやってくれ」

雑巾を濡らし、郁に手を振りながらアリーナに入っていく藤丸を見送り、淳哉が苦笑した。

「俺が葉邑の説得を頼んだんだ。泉はあの通り、人がいいから、お前もむげにはできないと思ってね」

「あのなあ」

そのせいで泉は不良にカツアゲされかけてたんだぞ、と言いかけ、郁はすんでのところで口をつぐんだ。

被害は未然に防げたし、藤丸自身はなにも言わなかった。

(知られたくなかったのかも)

ならば郁が淳哉に事情を話すのを、藤丸は嫌がるかもしれない。

……余計なことを言って揉めるのは二度とごめんだ。

「で、どうだ、葉邑。せっかく来たんだから、一緒にバスケをしていかないか?」

あれこれ考えこんでいた郁は声をかけられ、ハッとした。

顔をしかめて、そっぽを向く。

「やらねえ。泉がバスケ部だって知ってたら、来なかったってての」

「まあそう言わずに。見学だけでも」

「しつけえよ！　俺はもう帰……ぐっ」

「おーおー、威勢のいい奴がいるねー」

その時、背後でいきなり男の声がした。

同時に、ひやりと冷たい腕が郁の首に絡《から》みつく。

裏口が開いた音も、誰かの足音もしなかった。一瞬、蛇《へび》が巻きついてきた気がして、ぶわっと肌が粟立《あわだ》った。

「だ、誰だ⁉」

「そりゃこっちの台詞《せりふ》だっつーの。誰よ、おめー？　声、外まで響いてたんですケド」

頭半分ほど高い位置から、くつくつと含み笑いが降ってくる。

人の神経を逆なでするような、やや間延《まの》びした陽気な声。

暴れる郁を淳哉のほうに突き飛ばし、裏口から入ってきた人物は悠々《ゆうゆう》と通路をふさいだ。

「テメ……」

カッとなって振り返り、郁は目を瞬《しばた》いた。

細長い、という表現が当てはまるような、瘦《や》せた長身の男が立っている。

髪は脱色しすぎてばさばさに傷《いた》み、肌は青白い。緩んだ口もとがなにかを企《たくら》んでいるようにうさんくさく、ドラマに出てくる下《した》っ端《ぱ》の悪役のようだ。

淳哉と同じジャージをだらしなく着こなし、男は物珍しそうに郁を見おろした。

「へー、入部希望者？　ちいせーし、おめー、マネージャー希望だろ」

「アァ!?」

「ミドリ、葉邑をからかうな」

淳哉がやんわりと割って入った。

「葉邑も落ち着いてくれ。こいつは男《だん》バスの三年で風間《かざま》ミドリ。ポジションはＳ　Ｇ《シューティングガード》で、３　Ｐ《スリーポイント》シューターだ。……ミドリ、彼は葉邑郁。今日は部活見学に来てくれた」

「あー、あの弾丸シューター」

見学に来たわけじゃない、と反論する前に、郁は風間の台詞にむっとした。

確かに郁は中学時代、彼の言ったあだ名で呼ばれることが多かった。

弾丸のように速いドライブシュートを決めるから、というのが理由だそうだが、他校生からそう呼ばれるたび、郁は揶揄《やゆ》の響きを感じたものだ。

(でも、こいつ……)

淳哉から話を聞いていたというよりは、前から郁のことを知っていたような口ぶりだ。

今でも中学バスケの事情を知っているということは、情報収集が得意な頭脳派タイプ……Ｓ　Ｇ《シューティングガード》というポジション向きの性格なのだろう。

ＳＧはゲームの司令塔であるＰ　Ｇ《ポイントガード》の補佐役とも言われている。

状況に応じて臨機応変に立ち回る上、主要なシュートはすべて二点換算されるバスケにおいて、唯一《ゆいいつ》、三点もらえる長距離《スリーポイント》シュートを得意とするプレイヤーも多い。

視野の広さと器用さが求められるポジションだ。

とはいえ、目の前の風間は器用というより、

(人の嫌がることが好きそうっつーか……)

より多くの人間に嫌がらせをしようとした結果、器用になってしまったように見える。

そんな警戒心を感じ取ったのか、風間はにやにやと笑いながら郁を見おろしてきた。

「確かに『弾丸』って感じだな。おめー、身長おいくつ?」

「うるせえ、触んな!」

頭に伸ばされた手を叩《はた》き落とし、郁は素早く飛びのいた。フー、と毛を逆立てる猫のように威嚇《いかく》すると、風間がますます面白そうに目を細めた。

「怒るなって。事実なんだから受け入れろって」

「ああ!?」

「細かいこと気にしてるから背が伸びねーんだよ。これで心まで狭くなったら、どうしようもねーだろ。チビでも、デカい男になれよ。な?」

「意味わかんねえし、喧嘩売ってんのか!」

「いーや、歓迎してんのさ。チビは走るしか能がねーって自覚してる分、やりやすい。吐いてぶっ倒れるまで走らせてや……ッ」

風間が話し終える前に、淳哉が彼の頭に拳骨《げんこつ》を落とした。

ガツッと重い音がエントランスに響く。

声もなく崩れ落ちる風間を見もせず、淳哉は困ったような笑みを浮かべ、

「悪い、葉邑。こいつは頭と性格が悪いんだ」

「い、いや……」

「うちのバスケ部は、部内暴力とか体罰とかは一切ないからな。安心して入部してほしい」

今、目の前で起きたことは部内暴力には入らないのだろうか。

うずくまったまま動かない風間にひるみつつ、郁は改めて憂鬱《ゆううつ》になった。

こうして気をつかってくれる先輩に、自分はまた入部を断らなくてはいけないのだ。

今回ばかりは、体育館に来た郁に非がある。知らずにつれてこられたとはいえ、入部する気がないならなぜ来たのかと、淳哉も不快に思うだろう。

「葉邑？」

うつむいた郁に気づき、淳哉が声をかけてくる。

「……あの」

「ああ、黒田《くろだ》」

意を決して郁が口を開きかけた時、体育館の正面扉が開く音がした。

振り返った淳哉が片手をあげる。新たなバスケ部員だろうか。入部しない以上、部員にはあまり会いたくないのだが……。

（うお）

恐る恐る顔をあげた郁は、思わず目を丸くした。

――一瞬、俳優が入ってきたのかと思った。

容姿が極端に整っているわけではない。百八十センチを超える長身だが、それくらいなら高校のバスケ部には山ほどいる。

ただ空気が違う。

華があるのではなく、その真逆《まぎやく》。

姿勢がスッと伸びた姿は、まるで時代劇から抜け出してきた武士のようだ。袴《はかま》をはいて枯山水《かれさんすい》の庭に佇《たたず》んでいれば絵になるだろうが、Ｔシャツとハーフパンツで体育館にいる姿は違和感しかない。

「……どうも」

男は郁をちらりと見たが、なにも言わず、淳哉に一礼してアリーナに向かおうとした。

それを淳哉が呼びとめ、郁に引き合わせる。

「彼は二年の黒田武士《たけし》。今はＰＦ《パワーフォワード》だけど、一年の時はＳＦ《スモールフォワード》だったんだ。葉邑とは話が合うと思うよ」

「えっと……」

「黒田、こっちは一年の葉邑郁だ。まだ入部じゃなくて見学だけどね」

見学でもない、と言おうとしたが、それよりも黒田の視線が痛い。

ＰＦ《パワーフォワード》はＣ《センター》と双璧《そうへき》を成す、ゴール下の要《かなめ》だ。

シュートやディフェンス、リバウンドと、攻守ともにゴール下で活躍する。限られたスペースを奪い合うため、どのチームも背が高く、体格の良い選手がこの役をこなすことがほとんどだ。

黒田は際立《きわだ》って大柄ではないが、きっと揺るぎない精神力で、相手と渡り合っているのだろう。

（つか、見すぎ……）

微動だにせず見据《みす》えてくる黒田に、郁はひるんだ。

自分はなにか、彼の機嫌を損《そこ》なうことをしただろうか。部外者が体育館にいること自体を不快に思われているのかもしれない。

（いや、そうじゃなくても）

中学時代、郁はＳＦ《スモールフォワード》だった。

とにかく走って点を取ることが役目で、どんなに負けていようと攻め気をなくさず、パスをもらえば、自分がシュートを打つことをまず考える。

ＳＦになるのは、そういう奴だ。

同じポジションだから話が合うと淳哉は言ったが、とんでもない。

バスケをする中で、一番気が合わないのがＳＦ同士だと郁は思う。

しかも同じチームだと最悪だ。

今のポジションは違っても、黒田は郁を目障《めざわ》りに思うはず……。

「歓迎する」

「え」

だが、黒田は違った。

聞き間違いかと思って顔をあげれば、ほんの少し目もとを和《やわ》らげた彼と目が合う。

「では」

それきり、黒田はアリーナに入っていった。

「は？　なにあれ。俺の時と全然違うんですケド！」

猛然と風間が抗議する。淳哉に殴《なぐ》られておとなしくしていたが、数分も持たなかったらしい。

「歓迎するとか言えたのか、あの野郎。俺は去年、初対面ですげーにらまれたぞ!?」

「違って当然だ。お前は去年、黒田になんて言ったのか忘れたのか？」

ため息をついた淳哉に、風間が食ってかかる。

「はー？　ハム助と違って、俺は感じよく挨拶しただろ！」

「全然違う。最初に会った時、お前は黒田に『人でも殺してそうだな』って言ったんだ」

「だから、『武士っぽいよな、これからよろしく！』ってことだろ。なあ黒田！　今、あの時のことを謝ってもいいいんだぜ！」

納得いかないとばかりに、風間は黒田を追ってアリーナに突進していった。エントランスにいる郁のもとにも、ぎゃんぎゃんと騒ぐ声が聞こえてくる。

「……変な奴」

落ち着きがなく、むかつく男だ。

ハム助、というのは郁のことだろうか。勝手に変なあだ名をつけないでほしい。

「変な奴ら……！」

黒田も黒田だ。

郁はまともに挨拶もしなかった。そんな男など、普通は歓迎しないだろうに。

渋面《じゅうめん》で呟《つぶや》いた郁に、淳哉が苦笑した。

「変だろう？　うちの男バスは癖《くせ》があるのが多いんだ。いまさら一人くらい増えてもどうってことないよ」

「なんで」

気づくと、口が勝手に動いていた。

「なんで俺なんだ」

淳哉は今朝、郁が中学三年時の県大会の話をしてきた。ならばその試合で郁がチームメイトからパスをもらえなかったことも知っているはずだ。

「散々揉めたんだよ、俺は！」

「知ってるよ」

「じゃあなんで……ああ、部員が今の二人とあんたと、泉の四人だけとか？　あと一人いないと試合に出られねえから、手っ取り早く経験者がほしいとか」

「いや、部員は葉邑を入れて十三人だよ」

「俺を入れるなよ！　……じゃなくて」

「だって葉邑はバスケが好きだろう？」

「……ッ」

さらりと言われ、郁はとっさに返す言葉をなくした。

淳哉はハシバミ色の目を細め、その動揺をつぶさに観察しているようだった。

「うちの練習はそれなりにきついからな。初心者には丁寧《ていねい》に教えるし、悩みがあるなら相談に乗るけど、やる気だけはどうにもならない。本気でバスケが好きな部員がほしいんだ」

「本気でって……そんなの口じゃどうとでも言えるだろ」

「いや、自分は本気だ、なんて断言できる人は案外いないよ。そう言ったあとで逃げ出したらみっともないしね」

「じゃああんたらはどうなんだよ」

今の前フリは、自分たちも本気だなんて言えない、という意味だろうか。

反射的ににらんだ郁に、淳哉は目を細めて笑った。

「もちろん本気さ。じゃなきゃ、貴重な高校三年間を部活動に捧《ささ》げられない」

「だったら勝手にやってろよ。俺は」

「本気じゃない？　もうバスケには飽きた？　それならそう言ってくれ。バスケが嫌いになったとは言わない。入部しない理由も言わない。それで諦めろっていうのは無理な話だ」

「……言ってるだろ。バスケはもういい。辞めたんだ。俺に団体競技は向いてない」

「嫌いになったわけじゃないんだな？」

「……っ」

しつこい、と郁は怒鳴りかけた。

でもそれ以上に、淳哉の言葉が正しいと、認めざるを得なかった。

バスケなんて嫌いだ、と一言言えばいい。

そうしたら淳哉は諦めてくれるかもしれない。

っても言ってしまうのに。

(わかってるのに)

なぜ、そんな短い言葉が言えないのだろう。余計なことなら、いつだって必要以上に言ってしまうのに。

「まったく……中学の部活で葉邑みたいな奴がいたら、確かに揉めるだろうな」

静かにため息をつかれ、郁は唇を噛んだ。

……呆れられただろうか。

だが、予想に反し、淳哉の声はどこか柔らかい。

「お前はバスケの技術じゃなくて、対人関係を学ぶべきだ。ここで逃げたら、一生人付き合いが苦手なままだぞ」

「……わかってるけど、できねえんだって」

「そんなことないさ。葉邑だって試合中、目の前にディフェンダーが来たらフェイントをかけるだろう? それと一緒だ。要は反復練習の問題だよ」

「全然違うだろ」

「ほら、それだ。人の言葉を、まず否定で返すのはいけない」

「……ッ」

言われて、ハッとする。

慌てて口をつぐむと、淳哉にくつくつと笑われた。

「相手が間違った時、きちんと指摘するのは大事だけどね。……否定的な言葉は毒だよ。口にすればするほど、自分自身をむしばんでいく。できない、無理だ、断る。そういう台詞《せりふ》を使わなくても、自分の意思は伝えられるだろう?」

「それは」

「どうだ、葉邑。バスケは嫌いか?」

穏やかな言葉が降ってくる。

それが決定打だった。

「……き、だよ」

「うん?」

「好き、だよ……っ、当たり前だろ」

「じゃあ、バスケはもうやりたくない?」

「……やりたいに、決まってるだろ」

ずっと喉《のど》の奥につっかえていた言葉がするりとこぼれた。

そんな自分に、郁自身が驚いた。

今まで、どうしても言えなかったのに。

「なら、俺はやっぱり葉邑を誘うよ。人とのかかわり方を学ぶなら、団体競技が一番だ。もう一度頑張ってみないか?」

「……っ」

差しのべられた手を見て、どくりと心臓が音を立てた。

無理だ、と頭の隅で声がする。

それでも、と心の奥で誰かがささやく。

ここなら、自分は本気でバスケを……。

「俺……」

「なんだ?」

「俺は――」

# 【 2 】

翌日は晴天だった。

朝から強く吹いていた春風は午後になっても弱まらず、あんずの花をキラキラと宙に舞わせている。

まるで桜のような、見事な散りざまだ。

この調子では、花も見納めかもしれない。

「で、俺はどうすりゃいいんだ」

放課後、本館四階の廊下からあんずの木を見下ろしながら、郁《いく》は途方に暮れていた。

(昨日……)

初めて、男子バスケ部の見学に行った。

その夜は一睡もできずに悩み、今朝、一時間早く家を出る。

そして七時ごろ、

『入部、したいんだけど』

体育館にて、郁は朝練中の淳哉《じゅんや》を呼び出した。

相変わらず敬語も使えない一年を淳哉は太陽のような笑顔で迎えた。

『ああ！　歓迎するよ』

『でも俺、中学で使ってたバッシュとかは全部捨てたんだ。淳哉……さん、この辺に買えるところとか……』

『店なら俺たちがよく行くところがあるよ。品ぞろえもいいし、今の時期はセール中だ。放課後に迎えをよこすから、行ってみるといい』

普通の体育館シューズと違い、バッシュの裏にはフロアで滑らないための加工が施《ほどこ》されている。ジャンプの衝撃で足を傷《いた》めないため、かかとの部分も一般的な靴より分厚く作られているので他の靴では代用できない。

バッシュの問題がスムーズに解決できそうで、郁はホッとした……が、そのあとが問題だった。

授業の合間にバスケ部の誰かが来て、地図でも渡してくれるのかと思ったが、一年A組には誰も来ない。

郁のもとに連日通っていた淳哉が来ないことに好奇の視線が寄せられつつも、いつもと同じように誰とも会話しないまま放課後になってしまった。

掃除当番の邪魔にならないよう、廊下に出てから十五分がたった。

もしかして、自分は淳哉に嘘《うそ》をつかれたのだろうか。表情に出さないだけで、本当は淳哉も郁を歓迎しておらず、嫌がらせをされたのでは……。

（いやいや、ねえって）

卑屈《ひくつ》になるにもほどがある、と郁は自分の考えを振り払った。親しいわけではないが、淳哉がそんな悪意のある人物ではないことくらいはわかる。

（ただなあ、あったからなあ……）

中三のころ、練習試合関係の連絡網で、嘘の集合場所を教えられたことがあった。いつまで待っても誰も来なくて、かろうじて話ができる部員にメールで確認し、嘘に気づく。

急いで会場に向かったが、当然大遅刻で、すでに試合ははじまっていた。

試合をするメンバーのかたわら、一人だけコーチに怒られた記憶がよみがえる。少し離れた場所から飛んでくる冷ややかな嘲笑《ちょうしょう》と、見世物を眺めるような残酷な視線も。

あれ以来、人を待つのは苦手だ。

惨《みじ》めな気持ちを思い出す。

「……体育館行くか」

ため息をつき、郁は寄りかかっていた壁から背中を離した。

体育館には淳哉がいるだろうし、改めてどうすればいいのか聞けばいい。

そう決め、ショルダーバッグを担《かつ》ぎなおした時だった。

「ごめんなさい！」

いきなり謝られ、郁はぎょっとした。

辺りを見回すと、十五センチほど下に、小さな頭がある。袖《そで》や襟元《えりもと》にラインの入った黒いブレザーと、グレーのスカート……。

杏城高校の女子生徒だ。

必死に走ってきたのか、少女はうなだれながら息を切らしていた。長い黒髪がサラサラと肩を滑り落ち、少女の顔にかかっている。

「お、俺？」

まさか女子から声をかけられるとは思わず、郁は後ずさった。

人違いだと思ったが、少女は息を切らしながらこくこくとうなずいている。

しばらく苦しそうに息をしていたが、

（うわ）

やがて、ゆっくりと顔をあげた少女を見て、郁はひそかに息を飲んだ。

透き通るほど白い肌。頭も肩もとても華奢《きゃしゃ》で、手足も細い。

頬《ほお》や唇《くちびる》の色も薄くて儚《はかな》げだが、大きな目だけはキラキラと力強く輝いている。

（……？）

一瞬、少女の姿が誰かに重なった。

それが誰なのか、郁が思い当たる前に、再び少女が郁に頭を下げた。

「遅れてごめんね。教室を出たところで、先生に捕まっちゃって」

「別に……てか、人違いじゃねえ?」

少女の胸もとについているクラス章は「一―B」だ。

同じクラスの生徒とすらまともに話したことのない郁は当然、隣のクラスにも知り合いなどいない。

「俺、あんたのこと知らねえし、用事あるんで……」

心なしか、廊下を通る生徒の視線が痛い。

いつも一人でいる根暗で無愛想な男子生徒が、可憐《かれん》な少女に絡《から》んでいると思われているのだろうか。

そそくさと立ち去ろうとすると、少女が慌《あわ》てて郁のショルダーバッグを摑《つか》んだ。

「待って、違う!　人違いじゃなくて光原《みつはら》淳哉!」

「……え」

「迎えをよこすって言わなかった?　私、光原リオ。妹なの」

「ええっ!?」

鍛《きた》えたスポーツマン体型の淳哉と、色白で華奢なリオは一見、まったく似ていない。

（あ、でも）

よく観察してみると、リオの目は淳哉と同じハシバミ色だ。リオの目を最初に見た時、誰かに重なった気がしたのは、これだったのか。

「妹？　マジで？」

「うん。というかお兄ちゃん、そこまでは説明しなかったんだ……。そりゃ、いきなり知らない人が話しかけてきたら、びっくりするよね」

リオは額《ひたい》に手を当ててうめいた。なんだか年季《ねんき》の入った仕草だ。

「お兄ちゃん、ああ見えてすごく適当だから……。最初に説明しなくても、私が自己紹介すればわかるだろうって考えたんだと思う。名乗るまでの間、葉邑《はむら》くんがびっくりするとか、そういう配慮は多分全然……」

「しっかりした人だと思ってたけど」

「雰囲気だけだよ。お兄ちゃん、見た目がもう『先輩』なの」

「ああ、それは確かに」

初々《ういうい》しい淳哉というのはあまり想像できない。高校に入りたての時からすでに、先輩の風格を漂わせていたと言われても納得できそうだ。

しみじみとうなずくと、リオも似たような顔をしていた。

目が合い、同時に小さく噴き出す。

それで緊張がほぐれたのか、リオは軽やかに身をひるがえした。

「じゃあ行こ。葉邑くん、杏城商店街には行ったことある?」

「いや、行き帰りの時、駅は通らないから」

「なら、しっかり案内してあげる。文具店とか本屋さんは覚えておくと便利だよ」

リオは物おじすることなく、郁の先に立って歩き出した。見た目は儚げだが、性格はそうでもないらしい。笑顔が淳哉とよく似ている。

「葉邑くん、お兄ちゃんの勧誘を一週間くらい断り続けてたでしょ」

郁たちは二人並んで、昇降口を出た。

正門までの道には、この日もあんずの花が咲き誇っている。

「今まで、そんなに拒否し続けた人はいなかったから気になってたんだ。何度も挨拶《あいさつ》しようとしたけど葉邑くん、気づくと登校してるし、放課後はあっという間に帰ってるから、今日まで延びちゃった」

「もしかして昨日、昇降口で声かけてきたのって」

「私かも。でも別の人かも? 葉邑くん、有名人だし」

それは確実に淳哉のせいだろう。

今さらだが、恥ずかしくて死にそうだ。

「勧誘、断り続けた人がいないってマジで?」

「うん、お兄ちゃんはいつも全力で勧誘するから……。今の男《だん》バスの人たちは全員、三日以内に入部させられたよ。タチ悪いんだ、お兄ちゃん」

「ああ……」

なんとなく理解できてしまう。

郁自身、自分がまたバスケをするとは思わなかった。しかも、人付き合いを学ぶため、などという理由で。

(なんかうまく言いくるめられた気がするし)

それでも騙《だま》されたという気はしない。

前向きな気持ちでバスケにまた関《かか》わろうとしている自分が意外だった。

「あ……」

他愛《たわい》ない会話をしながら正門をくぐった瞬間、郁はハッとした。

ずっと一人では通れなかった正門を今、自分は踏み越えた。

驚くほどあっさりと。

そして気づく。正門はただの「門」だった。

「……っ」

それでも胸が震えた。

やっと一歩、踏み出せた気がした。

見上げれば雲一つない、爽《さわ》やかな青空が広がっている。

眩《まぶ》しさに目を細め、郁はひそかに深呼吸をした。

＊　＊　＊

杏城高校前駅は杏城高校から延びるなだらかな坂を下り、住宅地を抜けたところにあった。

重厚な瓦《かわら》屋根を持つ駅は、まるでそれ自体が武家屋敷のようだ。駅前には広々としたロータリーがあり、観光バスが数台止まっている。中央には大きな時計塔が建っていて、時計の針は十五時を少し回ったところだった。

「商店街はあっち。まっすぐに向かう？」

辺りを物珍しげに見回していた郁に、リオが言った。

指さした方角には、杏城商店街と書かれたアーチがかかっている。トラックが一台、かろうじて通れる程度の細い道路にはずらりと商店が立ち並び、にぎわっていた。

「商店街の前に『杏城さん』に行くなら、あっちの道を曲がると近道なんだ。興味あるなら、案内するよ」

「えっと、誰？」

杏城、という人の名前かと思って聞き返すと、リオは、あ、と声をあげた。

「人じゃなくて、お城の名前。いつもの癖《くせ》でつい」

「ああ、入学式で校長が話してくれた、殿様が建てたっていう」

「そう、それ」

「知り合いかと思った。光原、さんはこの辺が地元？」

「そう。昔から杏城さんが遊び場だったんだ」

呼び捨てでいいよ、と笑いながら、リオは商店街と駅の間にある小道を指さした。つられて目を向けると、路地の先に城の天守閣《てんしゅかく》が小さく見える。

「お城の前は広場になってて、ストリートバスケとかテニスのコートがあるの。数年前、市民体育館と宿泊施設も建ったから、そっちもにぎわってるんだよ」

「へえ。あ、でもそれは今度にしとく。今は……」

「了解。まずはバッシュ買わないとね」

見透かされたように明るく笑われ、郁は頬を掻《か》いた。

そんなにわかりやすい顔をしていただろうか。いつも仏頂面《ぶっちょうづら》で無愛想で、なにを考えているのかわからないと言われていたのに。

戸惑《とまど》いながら、リオとともに商店街に足を踏み入れる。

アーチをくぐると、フラワーショップや土産物《みやげもの》を売る店が目に入った。軒先でくるくると人形焼を焼く店や、大きな朱傘《しゅがさ》の下で抹茶《まっちゃ》と団子《だんご》を提供している和菓子店も。

「もう少し行ったら、喫茶店とかお蕎麦屋《そばや》さんがあるよ。その辺までは観光客向けなの」

「へえ」

人混みの中を慣れた足取りで歩きながら、リオが言う。

「八百屋や肉屋はもうちょっと先。そこまで行くと観光客もいないから、道が空《す》くんだ。子供のころは、ここも今みたいに栄えてなくてね。町がにぎやかなのはいいことだけど、私はもうちょっと落ち着いてたほうが好き。ぜいたくな悩みだけどね」

リオはくすりと小さく笑う。

なんだか楽しそうだ。自分の住んでいる町に愛着があるのだろう。

町の発展度でいうなら、琴ケ乃《ことがの》市は杏城市の何倍も栄えている。デパートに行けばなんでもそろうし、数十メートル間隔でコンビニも立ち並ぶ。

だが、それだけだ。

あの町にいい思い出はない。あったかもしれないが、忘れてしまった。

今でも毎日家に帰る時は緊張する。途中の道で見知った顔に会いそうで。

「葉邑くん、こっちだよ」

リオに声をかけられ、郁はハッとした。

いつの間にか観光客でにぎわう商店街の一角を抜けている。土産物店や喫茶店はなくなり、代わりに文具店や書店が軒を連ねていた。

リオに案内されるまま、目の前の十字路を右折した瞬間、

「……すげえ」

目に飛び込んできた光景に、郁は思わず息を飲んだ。

細い通路沿いに、ホームセンターのような巨大な建物がある。二階建ての店先には何本もののぼり旗がはためき、駐車場も完備されていた。

誘われるように近づくと、店先には化粧箱が並べられ、その上にたくさんのシューズが置かれていた。

大抵のスポーツ用品店なら、店の出入り口には幅広い年齢層に売れるスニーカーやランニングシューズを置くだろうが、この店は違う。店先にも、店に入ってすぐの場所にもバッシュが目立つ。

「すごいでしょ？　店長がＮＢＡファンらしくて、ここはバスケ関係の品ぞろえが充実してるの。他県からの常連客がつくほどなんだよ」

目を丸くしている郁に、リオが説明した。

入店すると、確かにＮＢＡ選手の背番号入りユニフォームや、サイン入りのバスケットボールがずらりと並んでいた。

店内はいくつかのエリアに分かれ、一階が球技専門、二階が陸上と雑誌コーナー。地下

にスニーカーやランニングシューズが置かれているようだ。

「私、スニーカーのほうを見てるね。ちょうど新しいのがほしかったの」

「あ、ああ」

「じゃあまたあとで！」

圧倒されている郁をその場に残し、リオは一人で地下に降りていった。

置き去りにされたとは思わない。

むしろ郁はホッとした。

(光原にも用事があったんだな)

兄である淳哉に頼まれて、嫌々郁をここに案内したわけではないらしい。迷惑がられていなくてよかった。

「……俺もさっさと選ぶか」

気を取りなおすように、郁は改めて周囲を見回した。

心なしか緊張していた。

道中はとても楽しみだったが、こうしてバスケグッズに囲まれていると、なんだか気おくれしてしまう。

——バッシュを買ったら、もう後戻りはできないぞ。今度こそ、部員と揉《も》めずに部活ができるんだろうな？

そんなふうに、バッシュから念を押されている気がする。

うまくやりたい。やらなきゃダメだ。そのためには、まずはここで自分に合ったバッシュを見つけなければ。

そう気負えば気負うほど、焦《あせ》りを覚えた。

棚には、色とりどりのバッシュがずらりと陳列《ちんれつ》されている。

メーカーは様々だが、どれが自分に合うバッシュなのだろう。どれを履《は》けば、自分は変わることができるだろうか。

棚に並べられたバッシュを真剣に見て回ったが、

「……ダメだ」

バスケ関係のエリアをほぼ一周したところで、郁は途方に暮れた。

まるでぴんと来ない。

中学で使っていたメーカーの新作はしっくりこないし、それ以外のメーカーになると、そもそもよく知らない。それどころか見れば見るほど、色も形も全く違うバッシュが全て同じものに見えてくる。

「でも、迷ってる時間はねえし」

過去を繰り返さないため、中学時代に使っていたメーカーを避けて、適当に手を伸ばす。と、その時だった。

「あれって……」

少し離れた壁際《かべぎわ》に置かれた、ガラスのショーケースが目についた。

――エア・ジョーダンシリーズ。

中にずらりと並べられたバッシュを見て、郁は目を丸くする。

シューズのかかとにエアクッションを搭載した、メーカー独自の技術が用いられたバッシュだ。そのデザイン性の高さや機能性、知名度から、ストリートファッションを好む層にも受け入れられ、世界的に絶大な人気を誇っている。

バスケットボールをやっていて、これを知らないプレイヤーはいないだろう。

「初代から復刻最新モデルまであるじゃん。なんでこんな隅に……」

近づき、まじまじと見てみたが、間違いない。

エア・ジョーダンは有名だが、膨大《ぼうだい》な数に及ぶため、全モデルをそろえている店はそうそうない。郁も、全種類見たのは初めてだ。

「すげえ」

しかも、ガラス戸には鍵《かぎ》がかかっていなかった。

引き寄せられるように戸を開け、一番惹《ひ》かれたバッシュを手に取る。

――AIR JORDAN VI
白基調で、大胆に赤と黒が使われているモデルだ。「素足感覚」にこだわって作られたモデルで、抜群の履き心地の良さを誇るという。

セール対象外で定価は三万円越えだが、今を逃したらおそらくはもう……。

「エア・ジョーダンが好きなの？」

突然脇《わき》から声をかけられ、郁はハッとした。

いつの間にか、リオが隣にいる。すでに自分の買い物はすませたようで、店のロゴの入ったビニール袋を持っていた。

「えっと」

途中からリオの存在を忘れていたことに、郁は慌てた。

だが謝るのも変な気がする。デートしている恋人同士ならともかく、自分たちは単に、同じ目的があって同じ場所に来た同級生なのだから。

「好きっていうか、憧《あこが》れっていうか」

結局、郁はリオの質問に答えるだけにとどめた。

「憧れ？」

「ジョーダンに。単純だけどさ」

マイケル・ジョーダンは今や伝説と化している。

約十五年間、バスケットボール界で活躍し、何度も得点王になったことのある天才プレーヤーだ。

一試合で平均三十点以上という驚異的な得点力を有するオールラウンダーで、ついたあだ名は「バスケの神様」。プレーヤーとしてもさることながら、バスケットボールというスポーツを世界的に有名にした立役者でもある。

そんな彼とタイアップし、某有名メーカーが開発したバッシュがこのエア・ジョーダンシリーズだった。

「小二の時、アメリカに海外出張してた親父に会いに行ったら、ちょうどチケットが取れたとかで試合に連れていかれたんだ」

バッシュを手に、郁はぽつぽつと話した。

「それまでバスケには興味なかったけど、すごくてさ」

「すごい？」

「そう、会場の熱気とか応援とか振動とか、全部が会場に響きまくって……なんか、すごいやばかった。試合中、ずっと会場が揺れててさ。ちょっと前までは、日本人にＮＢＡは無理だって言われてたけど、今じゃもう二人行ってる。きっとこれから、もっと増える。不可能じゃないんだ。俺もいつかあの舞台で……って」

一人でべらべらとしゃべっていた郁は、そこでやっと我に返った。

急に饒舌《じょうぜつ》になった郁に驚いたのか、話の内容が分からなかったのか、リオがぽかんとしている。

カアッと頬に朱が走った。

「悪い。なに言ってんだ、俺」

「あっ、違うの。すごいなあって思って」

「え」

「葉邑くん、ほんとにバスケが好きなんだね。そういうの、私にはないから」

「別に、すごくなんか……」

好きだからこそ妥協《だきょう》できずに失敗した。

チームで揉め、居づらくなって逃げ出した。

そういう過去を、目を輝かせているリオには知られたくないなと少し思った。

「NBAの試合を見て興奮してたら、ジョーダンはSF《スモールフォワード》だって親父が教えてくれたんだ。だから俺も絶対、すごいSFになろうと思って、その日のうちにねだってバッシュ買ってもらって、日本に帰ってきてから、ミニバスのチームに入ってさ」

「一試合見ただけで、そこまでしたの？」

「それくらい感動したんだ。……でも」

「でも？」

「小六になったころ、やっとジョーダンはSFじゃなくて、SG《シューティングガード》だってわかって」

「ええっ!?」

リオが驚くのももっともだ。

郁自身、それを知った当時は唖然《あぜん》とした。

「適当なこと言った親父を信じて、疑いもしなかったっつーか……。でも本当のことを知った時はもう、点取り屋のＳ　Ｆ《スモールフォワード》が楽しくなってたから、もうＳＦで行くかって思って……って笑うなよ」

口もとを押さえて、肩を震わせているリオに気づき、郁は憮然《ぶぜん》とした。今日初めて会った少女に、みっともない過去を話してしまった。

「ふふ……っ、ごめん。ちょっとツボに入っちゃって」

「まあいいけどさ！」

「葉邑くん、もっとクールな感じかと思ってたけど、すごい素直で……あ、バカにしてるわけじゃなくて、とっつきやすいなあって思ったの」

「……そんなこと初めて言われた」

まっすぐに笑いかけてくるリオの顔を見られず、郁は顔をそむけた。

なんだか急にそわそわしてきて落ち着かない。居心地が悪いような、そうでもないような。

「俺、これにする。今度こそ、ちゃんと……」

話題を変えるように宣言する。「AIR JORDAN VI」はジョーダンが初めてＮＢＡを制した時に履いていたモデルでもある。自分の再出発をかけ……また、これから上を目指すためには、このモデルが最適な気がした。

笑顔で送り出すリオにうなずき、郁がレジに向かおうとした時だった。

「え……葉邑？」

店の出入り口付近から、聞き覚えのある少年の声がした。

その瞬間、ぞわりと全身が総毛だつ。

「……なんで」

浅黄色のジャージを着た少年が六人ほど、店に入ってきた。全員、同じメーカーのシューズを履き、胸ポケットに同じ学校名の入ったジャージを着ている。

「葉邑くん、知り合い？」

凍りついた郁と少年たちを見比べ、リオがそっと袖を引いてきた。

だが、返事ができない。先頭にいるたれ目の少年もまた、瞬《まばた》きを忘れたように郁を凝視《ぎょうし》していた。

「相良《さがら》、急に止まるなって。美人でもいた……って、は？　葉邑!?」

苦笑しながら二番目に店に入ってきた少年がぎょっとする。

「お前、なんでこんなとこに……」

「うげっ、葉邑だ！」

「は？　なに？　どういうこと？」

次々と少年たちが声をあげる。

たれ目の少年、相良以外の五人は全員、郁をにらみつけてきた。

「すげーかわいい子……彼女かよ」

リオに目を留《と》めた一人が悔《くや》しそうにうめいた。だが郁の持っていたバッシュに気づくと、今度は勝ち誇ったように口の端をつりあげる。

「遊びでストバスでもはじめる気？　落ちたねー、お前」

「中学じゃあんなにウザかったのにな。本気でやれよ！　だっけか。だらだらやるくらいなら帰れ！　とも言われたっけ、俺」

「ならなんで琴ケ乃《ことがの》高校に来なかったんだよって話だよな。大体、誰のせいで勝てなかったんだか」

「マジでそれ。デカい口叩《たた》くだけの実力があるならまだしも、足引っ張りまくったのは誰だっつの。こいつのせいで、中学時代に全然いい思い出ねえわ」

「俺も」

「ああ、俺も」

「……ッ」

反論しようとしたが、できなかった。言葉が口から出てこない。

「おい葉邑、お前まさか、高校でもバスケやってたりしねえよな」

店に二番目に入ってきた少年が低い声で凄《すご》んだ。

百七十センチはある長身で、髪は七分刈り。三白眼《さんぱくがん》に、憎々しげな暗い炎が灯《とも》っている。

「お前がチームをぶっ壊したこと、俺らは誰も許してねえぞ。全部なかったことにして、バスケを続ける気なら力ずくで邪魔してやる。今、どこに通ってんだ。言えよコラ！」

「駒井《こまい》、なに馬鹿なこと言ってるんだ。そんなこと、冗談でも言うな！」

相良が慌てて声を荒らげた。

喧嘩《けんか》か、と遠巻きに見ている客たちに頭を下げ、彼は駒井と郁の間に割って入る。

「葉邑、ごめん。悪かった」

「……いや」

「久しぶりだな。その、元気だった？」

「……」

「俺たち、先輩にこの店の話を聞いて、来てみたんだ。品ぞろえがよくて安いって言われて。……えっと、葉邑は高校、どこにしたんだ？　その制服って、この近くの学校？」

——首都に目を向ける琴ヶ乃市は、反対側にある杏城市を気にしない。

以前から郁が漠然《ばくぜん》とそう思っていたのは、どうやら正しかったようだ。制服を見ただけでは、相良たちは郁が杏城高校に通っていることまではわからなかったのだろう。

そのことに安堵《あんど》する。……そして、安堵した自分にがっかりした。

「葉邑も琴ヶ乃に来ると思ってたから、入学式にいなくて驚いたよ。ケータイも変えたんだな。メール送ったけど戻ってきちゃったから、ずっと気になってて」

「相良」

声を絞り出すようにして、なんとかその三文字を呟《つぶや》いた。

相良がびくりと肩を揺らす。

「な、なに?」

「悪い」

それが精いっぱいだった。

なにに対して謝ったのかもわからないまま、足を無理やり床から引きはがす。

スポーツ用品店の出入り口は一つではない。店の奥に小さなドアを見つけ、郁は足早にそちらに向かった。

「え……葉邑くん!?」

リオの声が背中にかかったが、止まれない。

ドアから飛び出し、路地を走る。大通りを避け、郁はただ夢中で全力疾走した。

途中、自分がバッシュを持っていないことに気づく。店を出る時にはもう持っていなかったので、無意識に棚に戻していたのだろう。

万引きをせずにすんでよかったと頭の片隅で考え、そんなことを考えている自分が、妙に滑稽《こっけい》だった。

(なんで)

元チームメイトと会ってしまうのだろう。

なぜ、彼らはまだ郁を許していないのだろう。

(俺は……)

そんなに悪いことをしたのだろうか。練習をまじめにやれと言ったのは、そこまで許されないことだったのだろうか。

いや、覚えていないだけで、もっとひどいことをしていたのかもしれない。

わからない。いくら考えても理解できず、駒井たちの敵意を前にして、逃げ出すことしかできなかった。

情けない。

本当に情けない。

ぐっと唇を噛んで、郁はただ、なにかから逃げるように走り続けた。

【 3 】

翌日、郁《いく》は五時に家を出て、杏城《あんじょう》高校に向かった。

明けた空がうっすらと白んでいるものの、まだ空気は冷たく、夜の名残《なごり》がある。

それでも走っているうちに空は青みを帯び、学校に着くころには朝日が燦々《さんさん》と降り注いでいた。

郁のほうが相手を待つつもりだったが、予想に反し、体育館には先客がいた。

「マジかよ」

一人分のドリブル音が響くアリーナの出入り口で、郁は立ちつくした。

まだ六時前だ。

運動部の朝練があるから、七時ごろは登校途中の坂が混む、と淳哉《じゅんや》が以前話してくれた。

当然、彼もその時間に登校しているのだろうと思ったのに、

「おはよう、葉邑《はむら》」

一人で黙々とシュートを打っていた淳哉が、郁に気づいた。すでに相当練習していたの

か、額《ひたい》には汗が光っている。

「今日も走ってきたのか？　朝練はランニングとシュート練習が中心だけど、葉邑はすぐシュートできるな」

「いや、あの」

「好きに打っててていいよ。他の部員も七時ごろには来るはずだ」

淳哉はアリーナ脇《わき》に置いてあった籠《かご》からボールを一つ取り、郁に投げ渡した。

反射的にキャッチしたが、それ以上は動けない。

……言わなければ。やはりバスケ部には入らない、と。

「昨日は災難だったな」

不意に淳哉が言った。

ハッとして顔をあげれば、困ったように笑う淳哉と目があった。

「詳しい話は聞いてないけど、帰ってきたリオが怒りくるってたよ」

「え……」

「集団で一人に悪口を浴びせた上、脅迫《きょうはく》するなんて許せない！　って枕を投げながら怒って、興奮しすぎて熱出した」

「な……。熱って、大丈夫なのか!?」

「平気さ。あいつは少し身体《からだ》が弱いんだ。明日は登校するはずだから、校内で会ったら、声をかけてやってくれ」

「ああ。……でも」

「問題はそっちじゃない、よな」

うつむいた郁に、淳哉は肩をすくめた。

「葉邑は一言も言い返さなかったとリオから聞いたよ。らしくないな」

「……色々あったんだよ」

「元チームメイトだったんだろう？　彼らは全員、琴ヶ乃《ことがの》高校に？」

「そう。附属中の生徒は八割くらい、上に行くから」

郁の出身中学の話だ。

私立琴ヶ乃高校附属中学校……郁はその、中高一貫の私立中学に通っていた。

中学の男子バスケ部はそこまで強くはなかったが、琴ヶ乃高校は県内屈指《くっし》のバスケ強豪校だ。

特にこの五年間は夏に行われる全国高等学校総合体育大会――通称、高校総体《インターハイ》に連続出場している。

「琴ヶ乃は、外部受験が難しいんだ。でも内部からなら、結構簡単に上がれて」

「葉邑は琴ヶ乃高校に行きたくて、附属中に通ってた？」

こくりと郁はうなずいた。

三年前、両親に頼みこんで、中学受験をさせてもらった。琴ヶ乃附属中に入学できた時はとてもうれしかった。ここで実力をつけ、内部入試で琴ヶ乃高校に入ったら、全国制覇を目指そうと夢見ていた。

……だが、中学で揉《も》めた。

元チームメイトが進学する琴ヶ乃高校には、とても行けなかった。

「杏城高校に来ることは誰にも言わなかった。教師にも口止めして、必死で受験勉強して、メアドも変えて」

「一人くらい、相談できる人はいなかったのか？」

淳哉の質問に首を振る。

一人だけ、仲の良かった部員はいたが、彼は優しすぎた。郁が駒井《こまい》たちと揉めるようになると、両方の意見を聞こうとして板挟みになり、結果、彼まで孤立しかけた。

（相良《さがら》……）

だから郁から離れたのだ。駒井たちと一緒にいながら、彼が時々郁のほうに気遣《きづか》わしげな視線を投げてくることには気づいていたけれど。

「琴ヶ乃に行くのをやめれば、あいつらも文句言わないって思ってたんだ。でも駒井たちはまだ俺を許してなくて」

「リオの言ってた、脅迫っていうのがそれか？」

「俺がバスケを続けるなら、ここに乗りこむって言われた。……だから辞《や》める。入部するの、取り消す」

「うーん」

男子バスケ部に危害を加えられるとなれば、さすがに納得するかと思ったが、淳哉は気のない声で唸《うな》るだけだ。

ことの重大さがわかっているのか、と郁が詰め寄ると、彼は肩をすくめた。

「琴ヶ乃サイドがうちに乗りこんでくるなんてありえないよ。連盟に報告すれば、県大会出場停止は間違いないし、下手《へた》したら廃部だ。伝統ある強豪校と、無名の公立校なんて、失うものは向こうのほうが大きいだろう？」

「……でも」

「葉邑に私怨《しえん》を抱いてるのは、一年部員の一部だけみたいだし、先輩連中が知ったら絶対に止めるさ。一年の中にも冷静な子がいたそうだし、心配いらないと思うな」

「でも」

「否定の言葉は返さない。忘れたのか？」

「……っ」

ぐっと黙った郁に、淳哉は苦笑した。

「俺たちのことは気にしなくていい。葉邑が部を辞めたいと思った、本当の理由はなんなんだ?」

「だから」

改めて繰り返そうとしたところで、郁は言葉に詰まった。

駒井たちの一件は問題ない、と淳哉は言う。

ならば、自分の心配事はなくなったのだろうか。

(これで心置きなくバスケができる?　……いや)

違う。昨日、駒井たちに会ったことは単なるきっかけだ。

「俺は、逃げたんだ」

沈黙のあと、郁はうめいた。

「昨日。……それに、琴ヶ乃に行くのをやめた時も」

これで二度目だ。

逃げ癖《ぐせ》がついている。

「杏城で誰かと揉めたら、俺はまた逃げるかもしれない」

「だから、最初から勝負しないっていうのか」

「それ以外にどう……」

「葉邑、俺は勝ちたいんだよ」

ふと、淳哉の空気が変わった。

ハッとして顔をあげると、淳哉と目が合う。ハシバミ色の目が色を変え、静かな凄味《すごみ》を放っていた。

「俺が一年の時、うちにはバスケ同好会しかなくてね。ミドリたち四人を誘って、一から男子バスケ部を作ったんだ」

「一から作った？」

「そう。でも五人じゃ試合形式の練習はできないだろ？　三対三《スリーオンスリー》も無理だ。試合がしたい時は駅前の杏城広場に行って、ストバスコートで相手を探したよ。……二年になって、黒田《くろだ》たちが入ってきて九人になった。それでもまだ、部内で紅白戦もできない。ここまで人数が少ないと、練習試合をしてくれる学校もなかなか見つからなくてね」

「淳哉さん……」

「そうなると試合経験がつめないから、公式戦でなかなか勝てない。去年の春は県大会の二回戦で負けたんだ。悔《くや》しかったな」

「……」

「個人技なら、うちは結構いい線いってると思ってるんだ。ミドリはアウトレンジからのスリーがうまいし、黒田はミドルレンジからインサイドまでの仕事をきっちりこなす。それでも去年、うちにはまだ高さが足りなかった。でも今年」

「泉《いずみ》が入ってきた……」

「そう、百九十センチある泉の入部は嬉《うれ》しかったな。他にも一年が二人入ってくれて、十二人。部内で紅白戦もできるし、今年こそ県大会優勝が現実味を帯びてきたと思ってる」

淳哉は本気のようだった。

そもそもただ楽しくバスケをしたいだけなら、同好会でよかっただろう。わざわざ時間と体力を消費してまで「バスケ部」を作ったからには、相応の思いがあるはずだった。

「でも、まだ足りない。あと一つ、どうしても必要なものがあるんだ。わかるか?」

尋《たず》ねられ、郁は言葉に詰まった。

昨日、バスケ部を見学していた時、密《ひそ》かに気になったことがあった。

致命的な欠点ではないが、もどかしいと思ったこと。

「……得点力、とか」

「そう。うちは泉みたいな根っからのC《センター》をのぞいて、オールラウンダーが多いんだ。みんな、そつなく色んなポジションをこなせるけど、だからこそチームの起爆剤になりにくい。どこかに負けず嫌いで、攻撃《オフェンス》が好きで、どんなに劣勢でも諦《あきら》めない……そんなプレーヤーがいないかと探してたんだ」

淳哉が誰のことを言っているのか、嫌でもわかった。

だからこそ顔をそむける。

「……無理だ。俺には」

「葉邑、お前の自信のなさがどこから来るのか、俺は多分知ってるよ」

「俺だってわかってる。人とうまくやれないんだ。嫌な言い方して、いつも揉める」

「それだけじゃ、ここまでお前が自信をなくす理由にはならないだろう。多分だけど……葉邑はこれまで、勝てないのはお前のせいだって言われてきたんじゃないか？」

ハッと郁は息を飲んだ。

お前がチームを壊した。

お前のせいで負けた。

確かに駒井たちにはずっと、そう言われ続けてきた。その通りだと自分でも思う。

「前に、葉邑たちの引退試合になった県大会を見たって言ったよな。……あの時、途中から出場した葉邑に、みんなパスを出さなかったな」

「……ああ」

「あの試合、葉邑がディフェンダーを振り切ってノーマークになった瞬間が五回はあった。フリーでゴール下に走りこんだのが四回はあった。その全部に的確なパスを出せてたら、あの試合の結果はわからなかったよ。勝負に『たら、れば』はないっていうけど、葉邑のチームメイトは、勝てる試合を自分たちで落としたんだと俺は思う」

「え……」

「誰か一人のせいで負ける団体競技なんて存在しないよ。それに、揉めたことと勝てなかったことはイコールじゃない。葉邑が自分に自信がないのは、勝つことの楽しさを知らないからだ。でも、それなら俺たちが教えてやれる」

呆然《ぼうぜん》とする郁に、淳哉はにっこりと笑った。

「今年の目標は県大会優勝。当然、琴ヶ乃も倒すつもりだ。去年、二回戦負けの高校が無謀なことを言ってるって思うか？」

「いや」

慌《あわ》てて首を振ったが、まだ実感が持てなかった。

お前のせいではない、なんて初めて言われた。

誰もが郁の非を責めたし、琴ヶ乃附属中のバスケ部コーチでさえ、お前が悪い、という雰囲気だった。

(だからなんとかしないとって思って)

でもできなくて。

関係を修復しようとしては空回《からまわ》って。

それならせめて試合で勝たなければ、とチームの底上げを図ろうとしては、また揉めて。

自分の行動が裏目に出るたびに咎《とが》められ、もう自分にはなにもできないと思っていた。

(でも……)

淳哉は県大会優勝を目指しているという。

それはすなわち全国各地の高校バスケ部が目指す場所に、二年前に新設したばかりの部で挑むということだ。

本気だろうか。部員は十数人しかいない上、同じ県には高校総体《インターハイ》常連の強豪校が立ちはだかっているのに。

(でも、やる気だ)

普通の人が聞けば、誰もが失笑するだろう。が、淳哉は無理だと思っていない。

本気で高校総体に行くつもりだ。

「俺だって」

勝利の楽しさなんて、知りたい、い、に決まっている。

「じゃあ、入部しない理由にはならないな。県大会で優勝するまで、退部は認めないよ。部長命令だ」

「なんだそれ。ひっでえなぁ……」

断言する淳哉に、郁は思わず苦笑した。

自分は頑固で生意気なくせに、劣等感の塊《かたまり》だ。

関《かか》わったところで、得なことなどなにもないのに、淳哉は「郁」を投げ出さない。

それが無性に嬉しくて……でもそれを直接告げる素直さはなくて、郁は思わずそっぽを向いた。

「……どうせなら！　全国制覇とか言えば!?」

淳哉は目を丸くし、続いて盛大に吹き出した。

「大きく出たな。なら、そっちは葉邑に任《まか》せよう」

「……なんだよそれ」

「全国までは俺たちが連れてくから、制覇はお前たちの代で成《な》し遂《と》げてくれ」

「はあ？　なんで途中で諦めんだよ！」

「うーん、現実を見てるだけなんだけどな」

それはつまり、県大会優勝は淳哉の中で、現実的な目標だということだ。

自分はまだ、そこまで考えられていない。

本気で琴ヶ乃高校を倒そうと思ったら、なりふり構わず挑まなければ。

個人的な悩みなんて、二の次だ。

「俺も……」

「あーっ、葉邑くんだ。おはよう！」

その時、アリーナに藤丸《ふじまる》が入ってきた。

時計を見ると、七時近い。いつの間にか一時間もたっていたらしい。

「入部するんだよね？　これからよろしく！　わからないことがあったら、なんでも聞いてね」

「ああ……って、あれ？」

　満面の笑みで突進してくる藤丸に気おされつつ、郁はあることに気が付いた。まじまじと見つめてみたが、間違いない。

「お前、玉鈴《ぎょくりん》中の十五番？」

「ええっ、なんでわかったの!?」

「いや、むしろなんでわかんなかったんだ、俺……。中二の春季大会で戦ったことあったよな」

　郁が駒井たちと揉める前のことだ。

　当時はそれなりにうまくまとまっていた琴ヶ乃附属中は中学の春季大会の一回戦で、公立の玉鈴中学と対戦した。ダブルスコアで快勝したが、その時、相手チームに一人、気になる選手がいたのだった。

「デカいのに、よく飛ぶ奴がいたのを覚えてる。あれ、泉だろ」

「う、うん。うちはぼろ負けしたのに、葉邑くん、記憶力いいんだねえ」

「いや」

　一昨日、不良に絡《から》まれていた藤丸と最初に会った時、見覚えがある気がしたのはこれだったのか、とようやく気づく。

　あの時はわからなかった。

それほど、自分のことだけで頭がいっぱいだったらしい。

「なかなか忘れられねえよ。ダブルスコアでもやる気なくさないとか」

どんなに劣勢でも諦めないプレイヤーがほしい、と先ほど淳哉は言っていた。

藤丸もまた、淳哉が求めていた人材なのだろう。

「泉！」

「は、はい!?」

「目標は全国。よろしく！」

手を差し出す。

驚いたように目を丸くした藤丸が、嬉しそうに手を握り返してきた。

「よろしく！　あ、僕のことは好きに呼んで。中学ではタンクとか、ロッキーとか山脈とか……」

「ほぼ悪口じゃねえか……。俺のことも、別に好きに呼んでいいし」

同級生とこうしたやり取りをするのはいつぶりだろう。気恥ずかしくて、妙に落ち着かない。

だが、そわそわする郁にはおかまいなしで、藤丸は人のいい笑顔でうなずいた。

「じゃあ、いっくんで！　シュート練習付き合うよ」

「バァカ、まずはストレッチだろ……フジ。筋、痛めるぞ」

ぎこちなく距離を縮めていく。

その時、脇のほうから視線を感じた。

振り返ると、淳哉がほほえましそうにうなずいている。

(孫を見守るじーさんか！)

呆《あき》れながらも、不思議と気分はすっきりしていた。ほんの数十分前まで途方に暮れていたのが嘘《うそ》のようだ。

県大会は六月初旬。

六月一週目の木曜日から土曜日までの三日間を使って行われ、頂点に立った一校だけが八月にはじまる高校総体《インターハイ》への出場権を得る。

同県同士、勝ち進んでいけば、大会のどこかで必ず琴ケ乃高校と当たるだろう。それが一試合目なのか、決勝戦なのかはわからないが……、

(その時までに、もっと強くならねえと)

身も心も、両方とも。

逃げるのはもうやめだ。

自分にそう言い聞かせ、郁はぎゅっと拳《こぶし》を握りしめた。

* * *

翌日から、郁はバスケ部の練習に参加した。

放課後、体育館には熱気が満ちている。

「葉邑！」

淳哉の声がした次の瞬間、フロアにワンバウンドしたボールが吸いこまれるようにして、郁の手中に収まった。

「行かせるかよ、ハム助！」

すかさず、風間《かざま》が立ちはだかってくる。ふざけたようなにやけ顔だが、腰を低く落とし、しっかりとドリブルコースを塞《ふさ》いでいた。

最悪な第一印象から考えて、練習嫌いで不真面目《ふまじめ》な先輩かと思いきや、風間は基本に忠実だ。

視野が広く、そつがなくて忌々《いまいま》しい。

「遅れて入部してきたノロマが先輩に逆らうんじゃねー！」

「関係あるか。一対一なら負けねえよ！」

負けじと郁は重心を落とす。

パスは出さない。シュートもまだだ。

十メートルほど先のゴールに、自《みずか》らドリブルで切りこんでいく。

「う、お……っ」

完全にコースを塞いだと思っていたのだろう。

抜かれて、驚く風間が視線の隅で見える。

(行ける……！)

郁のスピードは高校でも十分通用するらしい。

自信を持って、レイアップシュートを放つ。

バスッとゴールネットを揺らし、シュートが決まった。

「ナイスシュート《ナイシュー》！　そこまで！　各自、フリーシューティングに移れ！」

そのワンプレイで五対五の紅白戦が終わり、きびきびとした淳哉の指示が飛んだ。

慣れたもので、部員たちは弾《はず》む息もそのままに、コートの周りに設置された六個のリングに散らばっていく。

「ふー」

郁はTシャツの裾《すそ》で汗をぬぐった。

まだ、手の中にボールの感触が残っている。

中三の初夏にバスケ部を引退してから、約十カ月ぶりだ。どれだけシュートやボールの《ハンド》扱《リング》いが下手《へた》になっているかと不安だったが、ぎりぎり及第点を保てている。ドリブルには若干《じゃっかん》違和感があるが、これは今後の練習で感覚を取り戻していくしかないだろう。

やるべきことはたくさんあるが、その課題の多さが逆に嬉しかった。

（これから、できるようになりゃいいんだ）

自分にはその時間があるのだから。

「だーっ、テメーはインサイドに入るんじゃねーっつっただろうが！」

「いって！」

その時、背後からガツッと頭を摑まれた。

こんな大人げないことをする奴は一人しかいない。

郁は飛びのき、キッと背後をにらみつけた。

「なにすんだよ、バ風間！」

「先輩をつけろや、一年坊主。ちまちま走りやがって、小さくて見えねーんだよ！」

「小さいのは関係ねえだろ。負けたからって絡んでくんじゃねえよ！」

「ハァ？　誰が負け？　なにが負け？　おめーはつい一分前、俺にスリー決められたんで
すケドォ？　三十五対三十四で俺たちの勝ーちー」

薄ら笑いで見おろしてくる先輩に、イラッとする。

「言ってろ。淳哉さんがこっちに入ってくれたけど、実質一年対、二、三年の混合チームじゃねえか。一点差まで詰めたんだからすごいだろ！」

「あれあれぇ？　ハム助くんは実際の試合でも、一点差で負けたら満足するのぉ？　俺たち頑張ったよなとか言って、お互いに健闘をたたえ合っちゃう系ー？」

「うっぜえ……！　お前、ほんとうぜえ」

「ははっ、語彙力《ごいりよく》ねーな。さすがハム……」

「はい、そこまで」

摑み合いに発展しかけた時、淳哉が声をかけてきた。

笑顔で、手には二つのボールを持っている。

「俺はフリーシューティングって言ったんだけど、聞こえなかったかな？　体力が余ってるならダッシュ三十本行ってみようか」

「シュート！　打つ！　ゴメンナサイ！」

慌ててボールを受け取り、郁はすぐ近くのゴールに走った。

肩越しに振り返ると、風間が郁に向けて舌を出している。負けじと中指を立てて応じつつ、郁は深く肩を落とした。

「あいつ、ほんとに三年かよ。大人げねえ」

ため息ついでに、ミドルレンジからジャンプシュートを放つ。

打つと同時にゴール下まで走りこみ、リングを通ったボールをキャッチして、今度はその場からもう一本。

二本とも、危なげなく決まった。

ゴールの高さは中学も高校も変わらないため、これまで通りの力加減でボールを投げれば、狙《ねら》ったところに飛んでいく。

「調子いいな、葉邑」

その時、郁の前に淳哉が立った。

こちらが頼むよりも先に、ディフェンスをしに来てくれたらしい。

(この人も何気に、すげえうまいんだよな)

先ほどの紅白戦でも思ったが、淳哉のパスは驚くほど取りやすい。キャッチするというより、気づくとボールが手中に納まっている感じだ。

なぜ、こんな男がバスケ部のなかった杏城高校に入学したのか、不思議で仕方がない。

「ちょっと心配だったけど、大丈夫みたいだな。ミドリと初日から言い争えるなんて、頼もしいよ」

「あれはあいつが絡んでくるから……！」

反論しかけてハッとする。

(まさか風間……)

一人だけ遅れて入部してきた郁が部になじみやすいよう、わざとちょっかいをかけてくれたのだろうか。だとしたら、あれでいて彼にもいいところが、

「ねえな」

チッと大きく舌打ちをする。

「葉邑？」

「風間は性格最悪って話！　チビだハムだって、しつけえし！」

「はは、ミドリの声は騒音程度に聞き流しておけばいい。身長もいずれ伸びるさ」

「今、低いことは否定しねえんだな……。ま、いいんだ。俺は走るし」

それだけは誰にも負けない。

「バッシュもあるしな」

「履《は》き心地はどうだ？」

「最高」

郁はニッと笑って、親指を立てた。

昨日のことだ。

朝練前に退部を思いとどまったあと、淳哉にスポーツ用品店のビニール袋を渡された。

『リオが代理で買っておいたそうだ』

『これ、俺が買おうとしてた……』

AIR JORDAN VIを見て、郁は目を見張った。

『バッシュがなきゃバスケはできないからな。本人が持ってくるつもりだったけど、熱を出したから俺が代わりに預かった。受け取ってくれるな?』

『光原《みつはら》……なんでここまで』

『好きなんだそうだ。……ああ、なにか一つのことに打ち込む人が、だよ』

一瞬、どきりとした気持ちを見透かしたように、淳哉に微笑まれた。温和な笑顔が妙に怖い。

『葉邑なら、きっといいプレーヤーになると言っていた。応援してるから頑張ってほしい、と』

『光原……』

胸が熱くなった。こんなふうに、誰かに背中を押してもらえるとは。

『わかった。ありがたく使わせてもらう』

明日、リオに会ったら金を返そう。リオを置いて帰ってしまったことを謝り、そしてちゃんと伝えよう。

今度こそ本気でバスケをやる、と。

『ああ。使ってくれるとリオも喜ぶ。期待してるんだろう。葉邑ならきっと……』

『……?』

『いや、なんでもない』

我に返ったように、淳哉は言葉を飲みこみ、朝練のシュート練習を促《うなが》した。

違和感を覚えながらも、郁は久しぶりのボールの感触に夢中になり、淳哉の言葉をすっかり忘れてしまったのだった。

＊　＊　＊

「全員、集合！」

淳哉の声が体育館に響いた。

夜の八時半に差し掛かるころ、体育館では部活の真っ最中だ。十三人の男子バスケ部員は全員汗だくで、息を弾ませている。

「珍しいね、キャプテン。なんだろ？」

不思議そうな藤丸と顔を見合わせ、郁も首をひねった。

郁がバスケ部に入部してから、早くも二週間が経《た》っていた。

四月も最終日に差し掛かり、明日からは五月がはじまる。

この二週間、朝も放課後もバスケ漬けだった。昼休みだけは練習がないが、体育館に併設している部室棟に行けば、必ずバスケ部の誰かがいる。自然とそちらに足が向き、郁も皆と交流するようになっていた。

中学時代、あんなに揉めたことが嘘のように、高校生活は順調だ。

だが、だからこそ、いつもと違う展開に不安を覚える。

この二週間、淳哉が練習中に部員を集合させることはなかった。やれロケットダッシュだ、三線速攻だと指示は出すが、連絡事項がある時は必ず練習後に皆を集めていたのに。

（なにかあるのか？）

緊張しつつ、郁は奇妙な点に気づいた。

郁や藤丸たち一年部員は困惑《こんわく》しているだけだが、二、三年はどこか緊張した面持《おもも》ちだ。

淳哉の用件がなんなのか、わかっているのだろうか。

「さて、紅白戦に入る前に一つ、みんなに大事なお知らせがある」

コートの中央で、淳哉がもったいぶって咳《せき》ばらいをした。

「明後日、五月二日の土曜からゴールデンウィークなのはみんな、もうわかってるな？

そこで、バスケ部では二日から六日にかけて合宿を行う」

「ええっ？」

「二、三年は去年もやったからわかってると思うけど、一年には俺がうっかり伝え忘れてしまってね。悪かったな」

「おいおいおい……」

「キャプテンでもうっかりすることあるんだね。ちょっと意外かも」

呆れる郁とは対照的に、藤丸はどこかほほえましそうだ。完璧に見える淳哉にも欠点があったことに安心しているのかもしれない。

(でもアレ、ほんとにうっかりか?)

淳哉はいつものように堂々としていて、連絡ミスを悔《く》いているようには見えない。

「連休を丸ごと使うけど、もう予定が入ってる人もいると思う。家族旅行や彼女との予定、その他もろもろ……。すでに用事がある人はそっちを優先してもいいからな」

「これ、どういうことだろ」

小声で尋ねてくる藤丸に、郁は肩をすくめた。

「すっげえきついから、断る理由とか逃げ道を用意したとか」

「ありそう……。で、でもいっくんは行くよね?」

「当然。もとから連休中も練習する気だったたし、別の予定を入れてる奴なんていないんじゃねえの?」

周囲を見回すが、郁の思った通り、不参加だと手をあげる部員はいなかった。

皆、やる気だ。

郁も俄然《がぜん》、合宿が楽しみになってくる。

「よし、全員参加だな」

部員たちを見回し、淳哉が嬉しそうに手を叩《たた》いた。

「今年も全員そろって合宿できてうれしいよ。……ああ、それともう一つ、合宿の最終日には他校との練習試合を組んでるからな」

これは誰もが予想外だったようで、二、三年生からも歓声があがる。

そんな中、淳哉はわずかに笑みの種類を変えた。少し冷ややかで、厳しいものへ。

「相手は琴ヶ乃高校。去年の県大会優勝校だ」

「な……」

「ただ、残念なことにうちは去年、県大会二回戦負けだからね。全力で戦うには、琴ヶ乃側にメリットがないと思われたらしい。スタメン勢は県外に合宿に行くから、うちの相手は一年生がしてくれるそうだよ」

「うわー、露骨《ろこつ》!」

風間が目をギラつかせて笑った。

あからさまな格下宣言に皆が怒りの声をあげる中、郁だけは違った。部員たちの声が遠ざかり、すうっと指先が冷たくなる。

(琴ヶ乃の一年って)

相良や駒井たち、郁の元チームメイトだ。

これは偶然だろうか。どうせ練習試合をやるのなら、強豪校とやりたいと思った淳哉が、先方に軽くあしらわれた結果か？

（……いや）

「予定がある人は、そっちを優先させていいからな」

静かに淳哉がそう繰り返した。

のろのろと顔をあげると、彼と目が合う。

ハシバミ色の目が、動揺する郁の顔を静かに映していた。

（逃げ道を）

……用意されていたのは、俺か。

# 【　4　】

五月二日、ゴールデンウィークがはじまった。

観光に力を入れている杏城《あんじよう》市は連休中、普段よりも人が多い。

杏城高校前駅の前には「杏城」へ行くための木製の案内板が作られ、それに従って小道を抜けると、立派な威容の大手門が現れる。

門をくぐると見晴らしのいい広場があり、その中央に城がそびえたっていた。大きく反《そ》り返った三角屋根の破風《はふ》が連なった天守閣《てんしゆかく》しか残っていないが、迫力は十分だ。

周辺広場にはストリートバスケやテニスのコートがあり、連休中のイベントでにぎわう広場を抜けると、その先には二棟の建物があった。

どちらも歴史ある杏城市の景観を壊さない見た目になっているが、建物自体は新しい。どっしりとした二階建てで、壁や天井《てんじよう》に大きな窓がいくつもついた建物と、小窓の多い三階建ての建物が並んでいる。

「二階建てのほうが杏城市の市民体育館だ。三年前に建てられたばかりの新築だよ」

十二人のバスケ部員を率いていた淳哉《じゅんや》が言った。

「そして三階建ての建物が宿泊施設。今日から五日間、俺たちがお世話になる場所だ」

「すげえ……」

郁たち一年部員がざわつく。

「杏城市は今、観光と同時にスポーツも活性化させようとしてるんだ。この市民体育館もその一環。今年の県大会会場にも選ばれてるから、一足先にコートの具合を確かめられるのはかなり運がいいんだぞ」

「ゴールのバックボードの色とかで、シュート感覚が変わるって言うもんな」

「そう。そういうことも意識しながら合宿をしていこう」

授業に正解した生徒を褒《ほ》めるように、淳哉が郁《いく》にうなずいた。

「でもまあ、すごいのはコートだけじゃないよ。ここは大浴場とサウナもある最新式の合宿所なんだ。食事は専属のスポーツ栄養士が献立を考えてくれてるから、栄養満点で健康にもいい。どうだ、すごいだろう?」

「……すごすぎてうさんくせえ」

思わず本音が口を衝《つ》くと、隣にいた風間《かざま》が笑いながら肩を組んできた。

「バーカ、うさんくさいに決まってんだろ。風呂とメシ以外は地獄だ。途中で逃げ出すなよ、ハム助」

「そんなことしねえよ！　大体、ここまで来て逃げる奴なんているわけねえだろ」

「去年の一年、最初は十人いたんだぜ」

「え……」

「それが合宿後、四人になった。光原《みつはら》はそういう負の部分、言わねえだろうケド」

淳哉を振り返ると、わざとらしい咳払《せきばら》いでごまかされた。確かに彼からは以前、「黒田《くろだ》たちが入部してくれて、部員が九人になった」と聞かされただけだが、

「退部者の話、しねえとかずりい……」

「まあ、葉邑《はむら》なら大丈夫だとは思ったけど、念のためというか」

「バカにすんな。そんなことでビビらねえよ！」

心配そうな淳哉を、キッとにらむ。

(大体、そんな場合じゃねえし！)

琴ケ乃《ことがの》高校との練習試合について聞かされた時こそ動揺したが、今はちゃんと覚悟を決めている。

自分の目標は県大会優勝。そして全国制覇だ。

昔の仲間に苦手意識を持っている場合ではない。

「やるさ。強くなってやる」

「その意気だ。それじゃあ、みんな行こうか」

淳哉が皆に声をかけた。

「ロビーでしおりと、部屋のカードキーを配るよ。しおりの最終ページに部屋割りが書いてあるから、それに従って行動するように」

「ッス！」

いくつもの声が折り重なる。

郁たちはそろって、建物に足を向けた。


「わー……わあ！　……うわあ」

ホテルのように整った宿泊施設の二階にて、藤丸《ふじまる》が驚いたような絶望したような、形容しがたい声をあげた。

二〇三号室。そこがこの五日間、郁と藤丸の生活する部屋だ。

「うへあ」

続いて部屋に足を踏み入れた郁もまた、ドア付近で立ち尽くす。

「風間の言ってた『地獄』ってこういうことかよ」

「僕、つっかえそう……」

小さな窓が一つあるだけの、白一色で塗られた長細い部屋だ。

簡素な二段ベッドがある他には、机とクローゼットが一つずつ。

トイレはかろうじて部屋に備え付けられているが、シャワーや洗面台はない。毎朝、顔を洗う時は廊下にある流し台を使うのだろう。

「なんか、刑務所の独房みたいだね……」

「……嫌なこと言うなよ」

ふかふかのじゅうたんが敷かれた廊下と、室内のギャップがひどい。この部屋で四泊五日も過ごすのかと思うと、それだけで気が滅入《めい》りそうだ。

「どうせ朝から晩までバスケするんだ。部屋は寝る時しか使わねえよ」

「そ、そうだよね。あんまり快適だと、ここに住みたくなっちゃうもんね」

「ベッドさえありゃいいんだって」

「うん、部屋にシャワーがないのは、大浴場があるからだもんね。楽しみだなあ、サウナ付きの大浴場！」

「メシもな！　きっとすげえうまいんだぜ！」

お互いに言い聞かせるように言葉を重ねる。

その必死さが廊下まで響いていたのだろうか。郁の背後に、苦笑気味の声がかかった。

「部屋は確かにアレだけど、食事と風呂は期待していいよ」

「淳哉さん！」

部員が全員、割り当てられた部屋に入ったかどうかを見回っているのだろう。

彼はどこか誇らしげに胸を張った。

「特に食事は素晴らしい。ここの食事のために、わざわざ部屋を取ってるスポーツ選手もいるくらいなんだぞ」

「じゃあ、うまいんだな？」

「もちろん。……まあ、食べられればの話だけど」

不穏な言葉に、郁は思わず後ずさる。

「まさか、シュート外したら飯抜きとか、そういう……？」

「そんな体罰みたいなことするわけないだろう！　ちゃんとトレーナーに相談して練習メニューを考えてきたんだから、これは人道的で健全な合宿だよ」

「だ、だよな」

「安心してついてくるように。荷物を置いたら三十分後、ロビーに集合だ。遅れるなよ」

「ああ」

郁たちがうなずくのを見届け、淳哉は隣の部屋に歩いていった。

そちらには郁と藤丸以外の、二人の一年部員がいる。今、郁たちと交わしたような会話を、淳哉はそこでもするのだろう。

「……なんかごまかされたな」

淳哉の後ろ姿を見送りながら一人ごちる。

なにもないなら、「食べられれば」なんて言わないはずだ。

（それでもやるんだ）

「ねえ、いっくん、しおり読んだ？」

郁が拳《こぶし》を固めた時、室内で荷解きをしていた藤丸が声をかけてきた。

心なしか、声が震えている。

宿泊施設の一階ロビーで、淳哉に渡された小冊子《しょうさつし》のことだろう。小学校の遠足で配られそうな冊子には、「楽しい合宿のすすめ」と丸文字で描かれている。

「しおりがどうかしたのかよ。つかこれ、手作りっぽいよな。まさか淳哉さんが……」

「覚悟してたより、バスケ漬けの連休になるんだね。今日は夕方まで練習したあとミーティングして七時に夕食らしいけど、明日は練習開始が六時だって」

「ふうん」

毎日走って登校している郁は、いつも五時に家を出て、六時には杏城高校の体育館に到着している。

六時から練習開始なら普段と変わらないが、藤丸は今からもう死にそうな顔をしていた。

「しかも毎朝十キロマラソンって……これ誤字？　一キロの間違いじゃないかな？」

「一キロじゃ数分で終わっちゃうだろ。一キロダッシュを十本するより、十キロのほうが楽だぜ」

「その理屈は全然わからないよ！」

藤丸の悲鳴を聞き流し、郁は若干《じゃっかん》拍子抜《ひょうしぬ》けした。

郁の家から杏城高校までは約十五キロだ。強化合宿に来ているというのに、まさか朝のランニングが減ってしまうとは。

（淳哉さんに距離を延ばせるか聞いてみるかな）

風間あたりに聞かれたら、生意気だなんだとまた絡《から》まれそうなことを考えつつ、自分もボストンバッグからしおりを取り出してみる。

何気なくぱらぱらとページをめくったところで、

「うわっ」

合宿中のタイムスケジュールが書かれている欄を見て、郁は思わず声をあげた。「早朝・十キロマラソン」と印刷されている箇所に手描きの赤文字で「葉邑は二十キロ！」と注釈がついている。

「まさか他にも？」

慌《あわ》てて他の欄を見ると案《あん》の定《じょう》、シャトルランやダッシュ、フットワーク練習の項目がすべて増量されていた。

「フジ、お前の冊子、赤字で書かれてるところとかある？」

「僕、スクリーンとかリバウンドとか、ディフェンス全般が二倍になってるよお」

ヒイイ、と藤丸が瀕死《ひんし》の怪鳥のような悲鳴をあげた。

C《センター》として屈強な選手と張り合うポジション志望の藤丸は、ディフェンスを強化するメニューが組まれているようだ。

対する郁は技術より、基礎的な鍛錬《たんれん》に重きを置いたメニューになっている。シュートや試合形式の練習に比べると地味でつまらないが、郁のスピードを試合で最大限に生かすにはこれが最適なのだろう。

「淳哉さん、トレーナーと相談してメニューを考えたって言ってたけど、まさか全員分か？」

感心や感動以前に、唖然《あぜん》としてしまう。

部員数が少ないからできるのだろうが、それでも十三人分のメニューを考えるとなれば、相当な手間だ。自分が三年生になった時、淳哉と同じことをやれと言われても絶対できない。

だからこそ、淳哉の本気が伝わってくる。

絶対にうまくなってやろうと決意し……郁はそこで、大きな体を丸くして、モルモットのように震えている藤丸に気づいた。

「どうした？　具合悪いのか」

「だ、大丈夫。でもこの合宿がこんなにきついとは思わなくて……」

「なんだ、ビビってるだけか」

思いやりのない一言に藤丸が傷ついた顔をしたが、郁は気づかず、ため息をつく。

「はじまる前から心配しても仕方ねえじゃん。こういうのは、やってみたら案外なんとかなるもんなんだって」

「でも僕、足が遅いし、体力もないし、こんな……」

「だから、そういうところを補うための合宿だろ？」

「でも……」

「あーもう！　でもでも言ってんじゃねえよ。やる気ねえなら、今すぐ帰っ……いや」

声を荒らげかけ、郁はとっさに言葉を飲みこんだ。

人の言葉に「否定」で返すな、というのは郁自身が淳哉に注意されたことだ。

そう言ってしまう時の不安や自信のなさは、自分が一番知っているのに。

「いっくん……」

「あ、今のはその」

藤丸の顔が見られない。

一度関係がこじれれば、修復がもう不可能だ。

せっかく友人ができたのに、自分はまた中学時代と同じ失敗を……。

「そうだよね。僕、間違ってたよ！」

「え」

だが、うつむいた郁の前で、藤丸は、むん、と両手を広げて立ちあがった。

「C《センター》が弱気になってたら、いっくんたちが安心してシュートを打てないよね。ゴール下は誰にも譲らないってくらいの気持ちでいないと」

「あ、ああ」

「頑張るよ。僕、絶対に逃げないからね」

藤丸は自分に活を入れるように拳を握り、にっこりと満面の笑みを浮かべた。

「夢は全国制覇だもんね。僕も目指していいかな？」

「……っ、バァカ、今さらかよ！」

不意になにかが込みあげそうになり、郁は慌《あわ》てて毒づいた。

だが、胸の奥が熱い。

「強くなるぞ」

「うん！」

二人でガツッと拳をぶつけ合う。

気づくと、集合時間が迫っていた。

急いで荷物をまとめて部屋を出ると、ちょうど隣の部屋からも一年生の二人が出てくるところだった。

郁たちと同じく、しおりに書かれたスペシャルメニューに気づいたのだろう。

二人とも、顔をひきつらせている。

「やべーとこ来ちゃったかな……。こんなことなら、彼女と遊ぶ約束入れとくんだった」

茶髪に染めた一年部員、吾妻《あづま》が苦笑する。

「俺は田舎《いなか》に帰っとくべきだったわ」

角刈りで大柄《おおがら》な西園寺《さいおんじ》も肩をすくめた。

二人とも冗談めかしているが、若干本音も混ざっているようだ。

「いやいや、頑張ろうぜ！　ここで強くなったら、一年のうちからスタメンになれるかもしれねえじゃん」

「葉邑のそれは強がりなの？　ガチなの？　この頭にマイナス思考はつまってないの？」

競い合うように四人で一階に向かいながら、吾妻が郁のこめかみをつつく。

ちゃらちゃらとした見た目は風間といい勝負だが、吾妻はさらに軽さが目立つ。一年部員の中で唯一《ゆいいつ》、彼女がいるのも彼だけだ。

陽気で人当たりのいい男だが、格好をつけたがる一面があり、バスケ一筋の郁はよくからかわれていた。

（悲観的になってばっかだっつーの）

だが、素直に認めてたまるか、とも思う。

からかってくる吾妻に対し、郁は鼻で笑ってみせた。

「やる前からビビるとか意味がわかんねえ！　吾妻は試合、出たくねえのかよ」

「そりゃ出たいけど、俺、ＰＧ《ポイントガード》希望だからさあ。光原《みつはら》部長を差し置いて、レギュラーはとれないっしょ。今年は様子見ってことで」

「相手が誰だろうと、ポジション奪うくらいの気合いを入れろって」

「スタメン決めるのも部長だからなあ。せめてコーチがいればな」

「今は部長がコーチみたいなもんだしね。……って、それを言うなら顧問《こもん》も兼ねてるか。柳《やなぎ》はほとんど来ないし」

西園寺もそれに続く。

男子バスケ部の顧問は二年Ａ組の担任の柳だ。今年、定年を迎える化学教師で、いつも眠そうな顔をしている。

バスケのルールも知らず、毎日の部活に顔を出すこともない。

二年前、淳哉が頼み込んで顧問になってもらったそうで、公式戦の引率をしてくれるだけで御《おん》の字のようだ。

当然、この合宿でも姿を見ていない。学外活動には顧問の付き添いが不可欠なはずだが、淳哉はどんな手を使ったのだろうか。

「うち、マネージャーもいねえしな……って、それも淳哉さんか」

郁がそれに気づくと、藤丸たち三人も、ああ、と声をあげた。

そして改めて顔を見合わせる。

いつも余裕綽々《しゃくしゃく》に見えるのでうっかりしていたが、淳哉は一人で何役をこなすつもりなのだろう。男子バスケ部のなかった杏城高校で部を立ち上げ、県大会優勝を目指すだけでも相当大変なはずなのに。

「すげえな……でも」

頼もしさを覚える半面、郁はもどかしい思いを抱いた。

なんでも一人でやるということは、誰にも頼らないということだ。

誰とでもうまくやっているように見えるのに、淳哉が誰かに弱音を吐く姿は想像できない。

それで本当に大丈夫なのだろうか。

いつか抱《かか》えた荷物の重さで倒れてしまわないだろうか。

(俺みたいな一年が心配することじゃないかもしれねえけど)

かすかな不安が澱《おり》のように、胸の奥にわだかまる。

もどかしさはそれからしばらく郁の中に留《とど》まり続けた——。

＊　＊　＊

四泊五日の合宿は飛ぶように過ぎた。

日の出とともに各自ランニングを行い、朝食を摂《と》ってから、体育館でバスケの練習をする。

昼食後にまた練習をし、夕方にその日の反省点や課題点を洗い出すミーティングを行っていると、もう夕食の時間だ。

淳哉が自信満々に語った通り、宿泊施設の食事はおいしかった。

ただし郁たち一年生がまともに食べられるのは朝と昼のみだ。あまりにも激しい午後の練習を終え、体力を限界まで絞り切った身体《からだ》は夕食を受け付けなくなっている。

――……まあ、食べられればの話だけど。

合宿初日に淳哉が思わせぶりに呟《つぶや》いたのは、こういう理由だったらしい。

匂《にお》いを嗅《か》いだだけで胃が裏返りそうになり、吐き気に襲われる。

だがそんな郁たちの前に、風間たち三年部員が容赦《ようしゃ》なく料理を並べていった。

『吐くんじゃないぞ、一年！　吐くのも体力使うから、最悪死ぬぞ！』

『ちゃんと食べろよ！　使い切ったカロリー、摂取《せっしゅ》しないと死ぬぞ！』

『気合入れろよー！　油断すると死ぬぜ！』

そんなに死ぬ死ぬと連呼するな、と訴えても、先輩連中はおかまいなしだ。

目の前で湯気を立てる料理を、郁たちは必死で胃に詰め込んだ。

しかし、そんな日々も二日目が終わるころになると慣れてくる。

三日目になると食事がお代わりでき、郁は評判のいい大浴場やサウナを堪能《たんのう》する余裕も出てきたのだった。


「……あれ？」

合宿三日目の夜、風呂から出て、宿泊施設のロビーを歩いていた郁は目を瞬《しばた》いた。

ロビーの窓際《まどぎわ》に、淳哉が一人で立っている。

なにをしているのだろうと思わず足を止めた時、淳哉もこちらに気づいた。右手を耳もとに当てたまま、空《あ》いた左手をひらひらと動かしてくる。

「なに？」

呼ばれた気がして近づくと、ポンとなにかを渡された。通話中、の文字が表示されたスマートフォンだ。

「じゃあな。任せたぞ、葉邑」

「は？　ちょ……淳哉さん!?」

『ちょっと聞いてるの!?　都合が悪くなったからって黙らないで！』

そそくさと遠ざかっていく淳哉を呼びとめようとした時、スマートフォンから女性の怒鳴り声が聞こえた。

「ヒッ」

怒っている。ものすごく怒っている。

（えっ!?　これ、俺、どうすりゃいいの!?）

任せた、と淳哉に言われたが、女性のなだめかたなど郁は知らない。

だが、断ろうにも、淳哉はもうロビーから立ち去っている。二階の宿泊フロアに行ってしまったのだろう。

とにかく、この状況を電話の相手に説明するしかない。

止《や》むことのない怒声が響くスマートフォンを、郁は恐る恐る耳に当てた。

「……あのー」

『ちゃんと私の話聞いて！　なんでいつもそうなの？　そんなだから私……っ』

「あのっ、淳……み、光原さん？　えっと、今、ちょっと都合が悪いみたいで」

風呂に入ったばかりだというのに、ドッと汗が吹き出した。

「事情はよくわかんないんですけど、スミマセン！　なんかスミマセン！」

『今度は他人のフリ!?　そんなので騙《だま》されるわけ……って、えっ、葉邑くん!?』

「は？」

突然、名前を呼ばれ、郁はぎょっとした。

うそっ、なんで！　とひとしきり悲鳴が聞こえるとともに、電話の向こうでなにかをひっくり返す音もする。……大丈夫だろうか。

「あのー……」

『ごめんなさい！　私、リオ！　葉邑くん……だよね？』

「なんだ、光原か」

てっきり女性との別れ話かなにかかと思ったが違ったらしい。

胸をなでおろす郁には気づかず、通話口の向こうで、ああ、とうめき声が聞こえた。

『ごめんね。ちょっとお兄ちゃんと電話してて』

「今、突然スマホ渡された」

『ほんとにごめん！　お兄ちゃん、なんで突然葉邑くんに電話代わるんだろ……』

「名乗ればわかると思った、とか」

なんだか以前にも、似たような会話をした気がした。

あれはリオと初めて会い、ともにバッシュを買いに行った時のことだ。あれから二週間ほどしかたっていないが、もうずいぶん昔のことのように思える。

その時のことを思い出しつつ、郁は思わず噴き出した。相手の正体がわかって安心したからか、今さらおかしさがこみあげてくる。

「ふっ……光原って怒ると怖いんだな。マジでビビった」

『やめて！　あれはお兄ちゃん用！　すっごい頑固だから、ちょっと喧嘩《けんか》っぽくなっちゃって。普段はあんなふうじゃないからね？』

「スポーツ用品店から帰った日も、暴れて熱出したとか」

『お兄ちゃん、そんなことまで葉邑くんに話したの!?　あれは違うの！　全然そういうのじゃないから!!』

「そういうのって？」

「～～……っ」

わからずに問い返すと、電話越しにリオが言葉を失った。

どうやら聞いてはいけなかったことだったようだ。真っ赤になっているリオの顔が目に浮かぶ。

「悪い。あの時のことはほんと、俺が悪くて」

『ううん、いいの。そんなのは全然！』

約二週間前、リオに立て替えてもらったバッシュ代を返し、一人で帰ってしまったことを謝った時も、郁は同じことを言われた。

そんなことは全然いい、と。

同じ言葉が、今日も胸に心地よく響く。

郁は壁に寄りかかり、柔らかいリオの声に耳を澄ませた。

『それよりお兄ちゃんから聞いたけど、合宿最終日に琴ヶ乃高校との練習試合をするってホント？　琴ヶ乃ってこの前の、あの……』

「ああ。でも大丈夫。公式戦でいきなり当たるより、ここで試合しといたほうが気が楽だ。俺が出られるかはわからねえけどさ」

『葉邑くんなら大丈夫だよ』

電話越しに、リオが笑った気配がした。

『お兄ちゃん、最近は家でもずっとバスケ部の話ばっかりしてるの。今年のバスケ部は最高だ、今年こそ夢が叶《かな》うって』

「そっか」

『頭の中にはずっと、こういうバスケ部を作りたいっていうのがあったんだと思う。それが一年ごとに形になっていって……すごく夢中になってるのが伝わってくるんだ』

「それ、淳哉さんも似たようなこと言ってたな」

男子バスケ部を作った二年前。黒田たちが入部してきた一年前。そして今年……。

目標に向けて、毎年進んできた淳哉にとって、今年は最後のチャンスだ。

今年こそは、と意気込む気持ちは強いだろう。

（俺も……）

不安はまだある。

だが、同じくらいやる気も湧いている。

「まずは県大会優勝だ。そのためなら、合宿だろうと練習試合だろうと、なんでもするさ」

『うん……お兄ちゃんも喜ぶと思う』

「光原？」

一瞬、リオの声が沈んだように聴こえた。

不審な沈黙が落ちる。

どうしたのかと郁が声をかけようとした時だ。

『葉邑くん、お兄ちゃんをよろしくね』

突然、リオが言った。

『お兄ちゃん、本当はすごくバスケが好きなはずなの。お願い……私が頼める立場じゃないけど、お兄ちゃんをお願い。……お願いね』

泣き出しそうな声だった。

そして、リオは「合宿頑張ってね」と告げ、逃げるように電話を切ってしまう。

つないでいた手を離されたような寂《さび》しさが胸をよぎった。

かけなおそうかとも思ったが、これは淳哉のスマートフォンだ。持ち主の許可なく、操作することはできず、結局郁は手を下ろした。

「……本当は、ってなんだ？」

淳哉がバスケを大好きなことなんて、入部してから日の浅い郁でもわかる。

リオは部活中の淳哉を見たことがないから、わからないのだろうか。いや、家に帰ったあと、ずっとバスケ部の話をしているのなら、十分伝わるはずだ。

(しかも、頼める立場ってなんだよ)

妹が兄を心配することに、資格や立場が必要だとは思わないのに。

首をひねりつつ、スマートフォンを返すため、淳哉の部屋へ向かおうとした時だ。

「え、黒田さん!?」

「……葉邑か」

外に通じる正面扉が開き、二年の先輩、黒田がロビーに入ってきた。

部員たちは皆、入浴を終えるかという時間帯だというのに、彼だけは汗だくだ。その異様さに、郁は電話の余韻《よいん》を一瞬忘れた。

「まさか走ってたんスか？　夕食のあと？」

ぎこちない敬語で尋ねる。

淳哉は出会った時に不審者扱いしていたため、正式にバスケ部に入部してからも敬語を使えなかった。チビだ、ハムだ、といつも絡んでくる風間は論外だ。

彼ら以外の先輩にはなんとか敬語を使っているが、つたないと自分でもわかっている。いつ怒られるかとひやひやしつつも、今はこちらのほうが気になった。

「しおりに食後のランニングって赤字で書かれてたんスか」

「いや」

「じゃあ自主練？」

うなずく黒田に、郁は言葉をなくした。

自分にとって、この合宿は相当きつい。毎日体力を限界まで使い果たし、泥のように眠る日々だというのに。

「はー……」

正直、郁はこれまで黒田が若干苦手だった。

バスケのプレイスタイルは「正確」そのもの。テンションやその日の体調でシュートの成功率が変わることもなく、淡々と結果を出す様子は頼もしいが、ある意味、機械のようでもあった。

その上部員たちと雑談に興じることもなく、積極的に自分の話をすることもないのだから、人となりがわからない。

うかつなことを言って怒らせるくらいなら、近づかないようにしようと思っていたのだ

が、

「すごいッスね」

思わず本音が口をつく。

うっかり声に出してしまったことに内心慌てたが、今さらなかったことにはできない。

まっすぐな視線にひるみつつ、郁は渋々《しぶしぶ》口を開いた。

「えっと、俺ももっと頑張らなきゃって思って。ここの人たち、練習に手を抜かないから」

「……そういう部員が残っているんだろうな」

「そういや黒田さんたちの代も、最初は十人だったたんでしたっけ」

合宿の初日、冗談めかして風間が言ったことを思い出す。最初に十人いた去年の一年部員は、合宿後に四人になった、と。

「去年もこんな感じだったんスか？　早朝から練習したり、個別の追加メニューがあったり」

「ああ。……だが、去年は二日目の夜に二人、無断で家に帰った」

「うわ、脱走ってホントにあるんだ……」

練習がきつくて合宿施設から逃げ出す、というのは都市伝説だと思っていたのに。

確かにこの合宿はかなり過酷だが、三日目になれば身体が徐々に慣れてくる。

そこでようやく自分の成長が実感できて、練習に熱が入るのだ。

「あと一日頑張ればなんとかなったのに、もったいねえ」

思わずため息をつくと、黒田が淡く目もとを緩《ゆる》めた。

「誰もが葉邑ほどバスケ好きならいいんだが」

「黒田さんもそうッスよね？　じゃなきゃ、そんなに練習しねえし」

「……どうだろうな」

長い間考えこんだあと、黒田はぽつりと呟いた。

触れてはいけない話題だっただろうかと不安になる郁に、彼は静かに首を振った。

「本当は、中学で辞《や》めるつもりだった」

「バスケを⁉」

「ああ」

「なんで！」

「それが、親との約束だったから」

ぎこちなく、だが途切れることなく会話が続く。

部屋に向かう黒田と並び、郁はロビーを通って階段に向かった。

真新しい絨毯《じゅうたん》が敷かれた幅広の階段は、まるで美術館か博物館のようだ。手すりには彫刻がほどこされ、壁にも絵画がかかっている。

実際に寝泊まりする独房のような二人部屋の存在を知らなければ、郁もここはホテルかと思っただろう。もっとも、そんな二人部屋にももう慣れたが。

「銀行員の父と、教師の母で……二人とも、プロにならないのなら、スポーツは人生に必要ないという考えだった。健康にいいなら、許されたかもしれないが、バスケは」

「生涯スポーツじゃないッスもんね」

むしろ怪我《けが》や故障のリスクを常に抱《かか》えているスポーツだ。

二階への階段を上りながら、黒田もうなずいた。

「俺も、親に逆らってまで、バスケをするほど熱意はなかった。もう十分だと思っていたからな」

「じゃあなんで……って、そうか」

聞くまでもないことだとすぐに気づく。

「黒田さんも淳哉さんに勧誘されたんスね。親は納得してくれた？」

「光原先輩が、説得した」

「は？　親を？」

「ああ、子供に責任感を持たせるには、団体競技が一番だとか、スポーツに打ち込んでいたほうが受験や就職時に有利だとか……色々と」

銀行員や教師に受けそうな理由だ。

ひるむことなく黒田家に乗りこみ、朗々とプレゼンテーションを行っている淳哉の姿が目に浮かぶ。はっきりとした事情がない限り、あの淳哉の説得を突っぱねられる者はいない気がした。

「他人の親まで攻略するとか……」

数週間前を思い出し、郁は身震いした。

今でこそバスケを続けるきっかけをくれた淳哉に感謝しているが、あの時は得体《えたい》のしれない先輩にどんどん追い詰められていくようで、内心恐怖していたものだ。

「普通、そこまでやらないッスよね。つか、そんなに好きなら、なんで」

琴ケ乃高校のような、バスケの強い高校に入学しなかったのだろう。

強豪校なら有能なコーチがいるだろうし、マネージャーもそろっている。淳哉一人が全てを担当することはなかっただろうに。

首をひねる郁に、黒田が冷静にくぎを刺した。

「経済事情とかも、ある。俺たちが口を出すことじゃない」

「そうか。杏城って公立だから……」

その可能性にやっと思い当たる。

自分の想像力のなさに呆《あき》れつつも、郁はホッとした。

もし黒田の言う通りなら、淳哉はやはりバスケが好きなのだ。自分の通う高校を選べなくても落ちこむことなく、できることを全力でやっている。

――お兄ちゃん、本当はすごくバスケが好きなはずなの。

先ほど電話越しに聞いたリオの言葉を思い出す。

どこか不吉さを漂わせたその言葉を、郁は頭から振り払った。

「……なあ、黒田さんから見て、俺ってどうッスか」

「どう、とは」

「明後日の練習試合とか、県大会とか。俺、高校でも通用しますか」

「葉邑でも弱気になることがあるのか」

茶化されたわけではなかったが、反射的に郁は唇を尖《とが》らせた。

「そういうわけじゃないッスけど！　ただ……」

「お前の速さは、十分武器だと思う。集中している時は、ドリブルもシュートも安定している」

黒田は面倒くさがることなく、律儀《りちぎ》に答えてくれた。一人で黙々と練習に励む孤高の修行僧だと思っていたが、案外面倒見がいいのかもしれない。

話しているうちに、黒田に対する苦手意識がなくなっていく。

「シュートは、もう少し種類があるといいと思う。お前はよく飛ぶしハンドリングがうまいから、ダブルクラッチやレイバックもできるはずだ」

「おお……練習してみよう」

「ただ」

「はい？」

「試合で葉邑が、使えるかどうかはわからない」

「……なんスか、それ」

散々持ちあげておいて、結論はそれなのだろうか。

不安が重く、胸を突く。

押しつぶされないように腹に力を込めて見上げると、黒田が少し困ったように首を振った。

「自分で気づいた方がいい」

「教える気はないってことスか」

「うまく伝えられる自信がない」

そう言われると、文句も言えなくなる。何度か言葉を変えて尋ねてみたが、結局黒田からはっきりとした答えは返ってこなかった。

「明日、俺も食事後に走っていいッスか」

仕方がないので、話題を変える。

「かまわないが、きついぞ。俺も一年のころは無理だった」

「おお……なら絶対にやる」

「負けず嫌いだな」

黒田に苦笑され、ややバツが悪くなる。

(でも、もう負けられねえんだ)

中学時代に嫌というほど負け、「お前のせいだ」と言われ続けた記憶は今も、郁を苛《さいな》んでいる。

不安は消えない。リオとの電話中は強がって見せたが、本当はずっと不安なままだ。

だからこそ、挑まなければ。

全力で挑み、なんとしても勝たなければ——。

＊　＊　＊

合宿最終日がやってきた。

「お待ちしていました。琴ヶ乃高校にようこそ」

郁たちが隣町にある琴ヶ乃高校に着くと、正門で待っていた男子生徒が一人、頭を下げた。

「一年のまとめ役をしている、相良琥太郎《さがらこたろう》と言います。本日はよろしくお願いします」

「こちらこそお世話になります」

相良の差し出した手を、淳哉がにこやかに握り返す。

（相良、まとめ役なんてやってんのか）

たれ目で温厚な相良は中学でも皆に慕《した》われていた。やや気弱で、他人に振り回されがちな面はあるが、まじめでコツコツと雑務をこなす彼は部内での信頼も厚かった。

郁の視線に気づいた相良はそっと微笑み、先頭に立って歩き出す。

「更衣室に案内します。なにか体育館に運んでおくものがあれば、俺たちがやっておきますので遠慮なくどうぞ」

「いや、大丈夫。ありがとう」

琴ヶ乃高校の男子バスケ部は何度も県大会で優勝している強豪校だ。当然、入部希望者も多く、百人を超す大所帯で、三軍まである。

ユニフォームがもらえるのは一軍にいる二十人ほどの部員だけと言われていて、その中で試合時、ベンチ入りできるのは十五人。

そしてスターティングメンバーとして試合に出られるのは、たった五人だ。

当然、三年間一度も公式戦に出られない部員のほうが多い。だからこそ熾烈《しれつ》な内部競争を勝ち上がった部員たちの自尊心は高く、他校を見下しがちな一面があるとも言われていた。

そういう傲慢《ごうまん》なところにも、附属中学に入ったころの郁は憧《あこが》れていた。傲慢なのは、相応の努力をしたからだ。誰よりも練習をし、自分は誰よりもうまいと誇れる者だけがユニフォームを与えられ、ナンバーを背負う。

（それすらも、王者っぽいって言われたけどな）

そんなバスケ部の一員になりたいと思った気持ちは、今でも忘れていないけれど。

「ここです。更衣室は今日、杏城さんの貸切になっているので、帰る時まで自由に使っていただいて大丈夫です」

相良は郁たちを体育館脇のバラック小屋に案内した。

「貴重品だけは各自で保管してください。昼食は校舎に入らなければ、好きなところで摂っていただいて構いません。今日は晴れていますし、中庭がお勧《すす》めです。場所は……」

ちらりと相良が郁を見た。

文化祭や学校見学で、郁も何度か琴ヶ乃高校に来たことがある。当然、中庭の場所はわかっていたが、

「……」

郁は小さく首を横に振った。

……自分が琴ヶ乃高校付属中学にいたことは、まだ皆に話していない。

そういう意思表示。

わかった、と相良も眼差《まなざ》しだけでうなずいた。

「昼休みになったら、案内させてもらいます。あとオフィシャルは今回、うちのほうで出させてもらいますので」

「お構いなく……と言いたいところだけど、悪いね。お言葉に甘えさせてもらうよ」

オフィシャル――テーブル・オフィシャルはバスケの試合において、ゲームの進行を補佐する人々を指す。

選手や審判に注視しながらタイマーで時間を計るタイムキーパーや、得点やファウルをスコアに記録するスコアラーなど、四人は必要で、練習試合の際は通常、それぞれの学校からオフィシャルを出しあうことになっていた。

ただし、杏城高校のバスケ部員は十三人。

全員がベンチ入りしていて、オフィシャルに回す余裕はない。

必要ならば淳哉も何人か、そちらに回す心構えはあっただろうが、正直琴ヶ乃高校側の申し出はありがたかった。

もっともこれは一年部員だけの琴ヶ乃高校よりも、自分たちのほうが少人数だということに他ならない。

杏城高校の部員たちの空気がぐっと重くなる。

それを敏感に察したのか、相良がさりげなく言い添えた。

「うちの一年はルールを覚えるため、どの練習試合でも積極的にオフィシャルをすることになっているんです。気にしないでください。……ではまたあとで」

一礼し、相良は体育館のほうへ駆けていった。

最後に一瞬、郁に視線を向けた気がしたが、それだけだ。自分たちが知り合いだというそぶりはなにも見せなかった。

（相良……）

部内で揉《も》めた挙句、自分勝手に逃げ出した郁を、相良はまだ気遣《きづか》ってくれているのだろう。

感謝と罪悪感を両方こめ、郁は胸中で礼と詫《わ》びの言葉を呟いた。

「じゃあ、さっさと着替えてしまおうか」

淳哉が郁たちに声をかけた。

普段通りの彼の声に、部員のあちこちからホッとしたような吐息が漏れる。

相良は礼儀正しく、控えめだったが、それでも高校総体常連校《インターハイ》に在籍している彼に、皆緊張していたらしい。

（淳哉さんは変わらねえな）

こういう時、部長が泰然《たいぜん》と構えてくれるのはありがたい。

郁は今朝、杏城高校の宿泊施設ロビーで淳哉から渡されたユニフォームに着替えた。

白地に赤いラインが入り、胸もとと背中に「ANJOU」の文字が書かれたタンクトップと、同色のハーフパンツ。

学校名の下には四番からはじまる、一、二桁《けた》の番号が入っている。

バスケでは基本的にキャプテンが四番を背負うが、それ以外に制約はなく、好きな番号をつけられる。とはいえ、五番以降の連続した番号を割り振るのが一般的だ。

(杏城《うち》に二十人以上部員がいたらよかったけどな)

そうすれば気兼ねなく「バスケの神様」マイケル・ジョーダンと同じ二十三番をつけたいと言えたのだが。

密《ひそ》かにがっかりしていた郁に、淳哉は十二番の番号を与えてくれた。

現役時代のジョーダンが一試合だけ背負ったことのあるナンバー。郁がジョーダンに憧れている、とリオから聞いていたのかもしれない。

(……勝つんだ)

ユニフォームの胸もとを摑み、郁は改めて自分に言い聞かせた。

ここで琴ケ乃高校に勝てば、少しは自分に自信が持てる。

そうすれば、県大会に万全の態勢で挑むことができるだろう。

この先、前に進むためにも、自分はここで……。

「よろしくお願いします！」

郁たちが着替えを終えて体育館に向かうと、三十人ほどの少年が待っていた。顔立ちが幼いのは全員、郁と同じ高校一年生だからだろう。

（駒井……）

三白眼《さんぱくがん》をつりあげ、駒井がこちらを睨《にら》みつけている。

駒井だけではない。二週間前にスポーツ用品店で会った連中はそろっていて、他にも見知った顔が何人もいた。

ざっと見た限り、三分の一ほどが附属中の出身だ。誰もが郁を見つけ、射るような視線を向けてくる。

（やっぱり、もう過去、とはならねえんだな）

駒井たちの敵意に晒《さら》されながら、郁は別のことも気になった。

郁の知らない、琴ヶ乃高校の外部入学組もまた、どこか剣呑《けんのん》な目をしていた。

駒井たちが郁と揉めた過去を話したのかと思ったが、どうも違うようだ。彼らは郁だけではなく、杏城高校のバスケ部全体に闘志を向けている。

（ああ、そうか）

もしかしたら、今日の練習試合で活躍した部員は二軍や一軍に昇格されるのかもしれない。

今日の練習試合には一年部員しかいないとはいえ、強豪琴ヶ乃高校に入学してくる者たちだ。全中――全国中学校バスケットボール大会で見覚えのある顔もちらほらいる。高校三年間を三軍で終えるつもりのない者は、全力でこちらを叩《たた》きのめそうとしてくるに違いない。

「ああ、よかった。これなら無駄にはならないな」

杏城側の部員たちがひるむ中、淳哉は嬉《うれ》しそうだ。

「相手にやる気がなかったら、わざわざ練習試合を組んだ意味がないからね。……そうだ、うちも彼らに倣《なら》おうか」

「どういうことだよ、淳哉さん」

郁が尋ねると、淳哉は笑顔で人差し指を立てた。

「今日の練習試合の結果を見て、県大会のメンバーを決めよう。スタメンに選ばれたかったら、みんな、気合いを入れるように」

明言され、皆の気持ちも引き締まる。

（やってやる）

駒井たちの敵意を一身に浴びつつ、郁は自分にそう言い聞かせた。

# 【 5 】

――中学時代、郁はいつも試合が怖かった。
ディフェンスで相手に抜かれればため息をつかれた。
オフェンスでシュートを外せば舌打ちされた。
『勝ちたいなら練習しろとか言って、自分が外すとかさあ』
『自分は特別なんじゃん？　俺らが外すなってだけで』
『うわー、うぜえ！　マジ死んで！』
郁《いく》がミスをするたび、チームメイトたちの声が聞こえる。
直接非難されることはない。
少し離れた位置から、ひそひそと悪意のある声が突き刺さる。
一対九で行う、変則ルールのバスケットボール。
あの異常事態は、もう終わったと思っていたのに。

ピイイィ！

ナイフで切りつけるように鋭い笛の音が体育館に響いた。

「チャージング、白十二番！」

審判がまっすぐに郁を指さし、宣言する。オフィシャル席から「2」と書かれた小旗があがり、琴ヶ乃《ことがの》高校サイドからはやし立てるような歓声があがった。

（ファウル二つ目……）

バスケの試合はクォーター制と呼ばれ、十分間の試合を四回繰り返す。最初の二回を前半、後ろの二回を後半と呼ぶことも多いが、今はその、前半のラスト二分弱だ。

スコアは三十四対、三十四の同点。

今は逆転するチャンスだったのに。

「くそ……」

郁は顎《あご》を伝う汗をリストバンドで乱暴に拭《ぬぐ》い、熱い息を吐いた。

バスケはスポーツの中でも特に反則事項《ファウル》が多い。

チャージングはオフェンス時に相手に故意に接触した時に取られるファウルだが、これを取られると、自分たちの持っていたボールを相手に渡し、ディフェンスに回らなければならなくなる。

せっかく攻撃していたのに、郁が流れを切ってしまった。なによりも、この第二クォーターでやっと出場できたというのに、瞬《また》く間《ま》に個人の反則《パーソナル・ファウル》を二つもらってしまったのが厳しい。

これが五つ溜《た》まれば、その選手は退場だ。

十分弱でファウルを二つももらうなど、バスケ初心者か、と自分自身に呆《あき》れてしまう。

「いっくん、大丈夫?」

共に出場していた藤丸《ふじまる》が心配そうに駆けてくる。

「今、派手にぶつかったけど、どこか怪我《けが》とか……」

「へーき。それより早く戻れよ。カウンター来るぞ」

心配そうな藤丸から目をそらし、郁はディフェンスのため、自陣に戻った。

「くそ……っ」

うまく攻撃ができない。勝たなくてはならないと気負うほど、身体《からだ》が錆《さ》びた機械のように動かしにくくなるばかりだ。

……速さが取《と》り柄《え》だったはず。

どんな状況下でも物おじしない勝ち気さと、勝ちを諦《あきら》めない貪欲《どんよく》さを買われて、自分は淳哉《じゅんや》に勧誘されたはずだ。

ここでチームの足を引っ張るだけなら入部した意味がないのに。

「はっ、やっぱ弱小校に行った奴はヘボいな！」

先ほど、郁と接触した琴ヶ乃高校側のゼッケン二十三番——駒井《こまい》が郁の前に立ち、せせら笑った。

「俺の相手がお前でラッキーだぜ。ここで活躍すりゃ、一軍に行けるかもしれねえ。一年のうちから『稲妻』背負って、堂々と高校デビューだ」

「……駒井」

「俺らにとっちゃ、県大会なんて通過点だ。先輩たちも全員、全国しか見えてねえ。わかるか？　琴ヶ乃ってのはそういうチームなんだよ！」

稲妻、とは琴ヶ乃高校のユニフォームのことだ。

黒色を基調にし、白いラインが入ったタンクトップと、裾《すそ》に稲妻マークがデザインされたハーフパンツ。

攻撃的なオフェンスを得意とするプレイスタイルとも相まって、「稲妻」は琴ヶ乃高校を表す単語にもなっている。

琴ヶ乃高校に行っていれば、郁も駒井たちと同じように、「稲妻」を背負うために日々、練習に励んだだろう。駒井のように県大会を通過点としか思わず、全国制覇を夢見ていたかもしれない。

（杏城《あんじょう》に来たことを後悔なんてしない）

だが。

なんて差がついてしまったのだろう、という焦《あせ》りが胸を焦《こ》がす。

「葉邑《はむら》！」

淳哉の声に、郁はハッと我に返った。

敵のＰＧ《ポイントガード》が駒井にパスを出している。

「くっ……」

とっさに飛び出してパスカットしたものの、ボールを前方に弾《はじ》けない。

斜めに飛んだ先は、コート外だ。

……今から走っても間に合わない。

諦め、郁が舌打ちをした時だった。

「淳哉さん!?」

淳哉が郁の前を横切ってボールに飛びつき、コート内に投げ返す。

黒田《くろだ》が素早くボールをキャッチしたものの、淳哉はそのまま一列に並べられたパイプ椅子に激突した。

「大丈夫、動けないほどじゃないよ」

数十分後、中庭で淳哉が笑った。

結局午前中の試合は淳哉を欠いたまま続き、四十九対、五十九で終了した。

十点差で、杏城高校の負けだ。

郁は第三クォーターの途中で交代し、個人スコアは八点。

完全に動きを封じられ、本来の力を出せずに終わってしまった。

「……」

昼食を挟んでもう一試合行う予定だが、杏城高校の部員たちは皆、押し黙っている。すでに午後の試合も負けたような雰囲気だ。

「足首をちょっとひねっただけだ。腫《は》れてもいないし、県大会までには治るさ」

部員たちを見回し、淳哉が言った。

のどかな風が吹く中庭はまるで私立大学のキャンパスのように整えられている。

きれいに刈りこまれたつつじの茂みが赤紫色の花を咲かせ、少し離れたところに作られた藤棚でも紫色の花が見ごろを迎えている。

誰もが足をとめて見入るような眺めだが、今、そちらに気をとられる部員はいなかった。

(俺が走ってたら)

いくら悔《く》やんでも悔やみきれない。

郁はうつむき、唇をかんだ。

先ほどの試合で、パスカットに失敗したことも悔やむが、問題はそのあとだ。

どうせ追いつけないと決めつけ、自分はボールを追わなかった。

その結果、淳哉が怪我をしたのだ。

なのに、淳哉を筆頭に、誰も郁を責めない。中学時代に嫌というほど浴びてきた、あの冷ややかな非難の空気も流れない。

それがなによりもつらかった。

今回の一件は明らかに自分のせいだ。いっそ思いきり怒ってほしいのに。

「淳哉さん、俺」

「葉邑一人のせいじゃないよ。皆、ちょっとずつ動きが悪かったね。試合が久しぶりだったからかな」

「……」

「合宿中の練習疲れが残ってたんなら、それは俺の責任だ。皆、身体に違和感がある場合は早めに教えてくれ。ここで無理して、県大会に出られないなんてことになったら、大ごとだからね」

「淳哉さんは……」

「さすがに午後の試合に出るのは無理かな。……葉邑」

淳哉がおもむろに顔を向けた。

「な、なに」

「ちょっとイレギュラーだけど、午後はお前にＰＧ《ポイントガード》をしてもらう。ゲームメイク、頼んだぞ」

「はああっ⁉」

　ＰＧはチームの司令塔だ。

　コート全体を把握し、ゲームの流れを摑《つか》み、攻守の要《かなめ》になる。シュートを打つことも大事だが、それ以上に視野の広さや冷静な判断力が求められた。

　だが、郁はＰＧをやったことがない。感情やテンションによって調子の良しあしが変わるところも、司令塔向きではないはずだ。

「無理だ。できねえって！」

「やってみないとわからないだろう？」

「いや、わかるだろ！」

　午前中、駒井に何度も攻撃のチャンスを潰《つぶ》された。中学時代に同じチームだったことを差し引いても、あんなに止められるとは思っていなかった。

　杏城高校のバスケ部がダメだとは思わない。

　単純に、郁自身の問題だ。合宿で相当練習したつもりだったが、自分は中学時代よりも下手《へた》になっているのかもしれない。

こんな自分が出場したら、絶対に負ける。

その予感に、ぞっとする。

「あ、吾妻《あづま》は中学からＰＧ《ポイントガード》だ。ゲームメイクには慣れてるし」

「そうだな、途中で吾妻にも出てもらおう。他にも午前中に出場しなかったメンバーは積極的に使っていくから、そのつもりで身体を温めておくように」

郁の意見を聞いたようでいて、淳哉はまったく聞いていない。

ゲーム開始時の出場者《スターティングメンバー》に選ばれることは、それ自体に大きな意味を持つ。

立ち上がりで失敗したまま流れを引き寄せることができず、ずるずると逆転不可能なまでに点差を広げられる例はいくつもある。

ゆえに、スタメンはそのチームで最も優秀な選手でそろえるのが一般的だ。

今日の午前中の練習試合も、淳哉はスタメンにはベストメンバーをそろえ、ゲームが進むごとに選手を交代させていった。

そして午後の試合でも、郁以外のスタメンは午前中と同じだった。

（なんで）

自分だけ、やったこともないポジションのスタメンに選ばれるのだろう。

なぜ風間《かざま》たち、他のスタメンは淳哉の決定に異を唱えないのだろう。ハム助には無理だ、と風間なら真っ先に声をあげそうなものなのに。

「……ちょっと頭冷やしてくる」

わけがわからず、混乱していた。

淳哉たちの視線を避けるように、郁は一人、その場をあとにした。


琴ヶ乃高校には外壁に沿って、遊歩道が作られていた。

壁際《かべぎわ》には等間隔に木々が植えられ、爽《さわ》やかな葉擦《はず》れの音が降り注ぐ。石畳《いしだたみ》に落ちた木漏れ日はキラキラと光りながら、まるで万華鏡《まんげきょう》のように形を変えていた。

「……はは」

そんな中、じわじわと絶望感が足もとから這い登ってくる。

……逃げた。皆の前から逃げ出した。

もう逃げないために、バスケ部に入りなおしたはずなのに。

ここで琴ヶ乃高校の一年に勝って自信をつけ、今後に生かすはずだったのに。

あれこれ考えていた目論見《もくろみ》はすべて外れ、自分は一人で立ち尽くしている。

この先、どうするべきなのだろう。

淳哉の指示に従って、ＰＧをやるしかないと頭ではわかっている。

彼にはなにか考えがあるはずだ。無理難題を課して、わざと郁を失敗させようとか、負けた場合の責任を郁一人に押しつけようとか、そんなことは考えていないはずだ。

それがわかるのに、怖い。

自分のせいで負けるのがとてつもなく怖い。

「おい」

その時、正面から敵意のある声がかかった。

顔をあげ、ハッとする。

遊歩道の正面に駒井がいる。

どこかへ行く途中だろうか。それとも郁を探していたのか？

「なんだよ」

「……」

わざわざ呼びとめたからには話があるのだろうと思ったが、駒井はなにも言わない。ただ、試合中と同じように、こちらをにらんでくるばかりだ。

「……用がないなら、俺は」

「お前らのとこ、マジでしょぼいな」

郁がきびすを返しかけたところで、駒井が唐突に口を開いた。せせら笑うように、唇《くちびる》の端がぴくぴくと動いている。

「部員、今日来た連中で全部かよ？　全員ベンチ入りとかしょぼすぎだし、三年間バスケやってきて、俺ら一年集団に負けるとかよ……。お前んとこの先輩たち、人生無駄にしすぎだろ」

「……さっきの試合で負けたのは、淳哉さんが前半でベンチに下がったからだ。しょぼかったのは俺だけだろ。杏城《うち》のこと見下すんじゃねえよ」

「……っ、うちってなんだよ。もう琴ヶ乃は過去ってか」

「はあ？」

駒井はいらいらと七分刈りの頭をかき回し、遊歩道を蹴《け》りつけた。それは最高に苛立《いらだ》っている時の、彼の癖《くせ》だ。

「マジむかつく。テメエ、死ねよ！」

「だからなんなんだって……」

中学でも駒井とはまともに会話が成立しなかったが、ここまで来ると前世で因縁《いんねん》でもあったのかと天を仰《あお》ぎたくなる。

「……俺、行くわ。午後も試合あるし」

「逃げんじゃねえよ、葉邑！」

きびすを返した瞬間、詰め寄ってきた駒井に思い切り肩を摑《つか》まれた。

指が食い込んで痛い。

だがそれ以上に、もっと鋭いなにかが飛んできた気がして、郁は思わず振り向いた。

燃えるように激しい、駒井の視線に射貫かれる。

「お前はいつもそうだ……！　持ってたもの盗《と》られても、別にいらねえって手放して……なのに周りからすぐに同じものもらえてる。本気で欲しがったことなんてねえんだろ。だから簡単に琴ヶ乃を捨てられんだ！」

「なんの話だよ。わけわかんねえ」

「ずっとそうだったんだよ！　俺がスタメンになったあとも、試合で劣勢になると、コーチはお前に交代させた……どんなに俺が活躍してたって変わらねえ。三年間、ずっとそうで、俺がどれだけ惨《みじ》めだったかわかるか!?　お前さえいなきゃ俺は……！」

「逆恨《さかうら》みしてんじゃねえよ。どのタイミングで交代したかなんて覚えてねえし、スタメンは駒井だったんだ。それで十分じゃねえか」

「そんなわけあるか！　琴ヶ乃高校に入って、最初になんて言われたと思う？　『なんだ、葉邑はいないのか』だ！　一年を全員集めて、先輩たちから最初に出たセリフがそれとか、笑えねえにもほどがあるだろ……！」

「……そんなの、ただの感想だろ。俺ら全員、お前のおまけかよ……!!」

「……そんなの、ただの感想だろ。附属中からは全員来ると思ってたのに、一人欠けてたってだけで」

「葉邑が本気でそう思ってるのがむかつくんだよ！」

身体ごと強引に振り向かされ、ガツッと襟元《えりもと》を摑まれた。

「いいか、午後は全力で来い！」

「……ッ」

「正面から負かしてやる。お前なんて俺の足もとにも及ばねえって思い知らせてやる。琴ヶ乃から逃げて、無名校に行ったお前なんて俺の敵じゃねえ。勝負しろ、葉邑！」

勝手なことを言うな、と言おうとした。

欲しいものを周囲の人から与えられた記憶なんてない。そんなものは駒井の言いがかりだ。

（けど……）

言い分がどんなものだろうと、駒井から激情を叩きつけられたことに戸惑《とまど》った。中学時代、駒井は郁を無視し、陰で笑うばかりだったのに。

「俺は……」

「ああ、こんなところにいたのか」

その時、遊歩道に場違いなほど、のんびりとした声がした。

ハッと振り返ると、淳哉がゆっくりと歩いてくる。若干《じゃっかん》足を引きずっているが、歩けないほどではないらしい。

「きみもこんにちは。さっき、向こうで琴ヶ乃の子たちが探してたよ」

淳哉に声をかけられ、駒井はあからさまに動揺した。

「ども。あー……」

一瞬、なにか言い足りなさそうな目を郁に向けたが、部外者の前で話すことではないと思ったのだろう。結局、駒井はなにも言わずにきびすを返した。

去っていく駒井を見送り、郁は小さく息をつく。

同時に、淳哉の姿を見て、居心地の悪さを覚えた。

「淳哉さん、今のどこまで聞いて……」

「午後の試合、フォワードで出たいか？」

直球の問いかけに、郁は目を見開いた。

どうやら、かなり最初のほうから会話を聞かれていたらしい。

逃げるな、と駒井に言われた。

自分でももう逃げたくなかった。だからこそ、

「いや、いい。淳哉さんに従う」

「次もＳＦ《スモールフォワード》で出るなら、さっきの彼と一対一で勝負できるよ」

「いいっつってんじゃん。しつけーし」

じろりとにらむと、淳哉が笑った。屈託《くったく》のない笑顔に、なんだか妙にホッとする。

「まあ、確かに俺も、葉邑には攻撃的なフォワードが合ってるとは思うけどね」

「……ならなんで」

促《うなが》され、中庭のほうへ歩き出す。

遊歩道を歩きながら、淳哉がのんびりと言った。

「合宿中も思ってたけど、葉邑はボールとゴールに対する嗅覚《きゅうかく》がすごいよな。コート上の全員の動きを捉《とら》えてて、どこからパスを出しても反応する。これは言葉で教えてできることじゃないと思うよ」

「それは……まあ、色々あったから」

「以前は全部自分でやらなきゃいけなかったから、か。……確かにお前は、技術的には視野が広い。それを最大限に生かすためにも、ここでＰＧ《ポイントガード》を体験してみるのはいいことだと思ったんだ」

「技術的には、ってなんだよ」

精神的にはとても視野が狭い、と言われているのだろう。

確かにその通りだが、素直に認めるのは悔《くや》しい。

不満げに見あげると、それすらもお見通しだというように淳哉に軽く肩を叩かれた。

「さっきの試合で、葉邑は嫌というほど、相手に止められただろう？　元チームメイトはお前がボールを持ったあと、誰にもパスを出さないことを知ってるんだ」

「……ッ」

「団体競技で、一人でできることは案外少ないよ。葉邑がパスを覚えたら、もっとうまくなれる。……月並みな台詞《せりふ》だけど、仲間を信用するんだ。今はもう、一人で戦ってるんじゃないんだから」

「あ……」

淳哉が言ったのは、確かに当たり前のことだった。

だが、初めて気づいたような衝撃を受けた。

中学時代はずっと一対九で戦っていた。味方からパスももらえず、シュートをミスすれば笑われるような異様な環境の中で、心を許せる者はいなかった。

(でも、それはもう……)

「おせーぞ、ハム助」

中庭に戻ると、バスケ部の面々が待っていた。

いち早く郁に気づいた風間が近づいてきて、強引に肩を組んでくる。

「ちゃんと泣き止《や》んだか？　俺たちに言うことがあるんじゃねーの？　なあ？」

「泣いてねえし、お前に言うことなんてなにもねえよ！」

「葉邑、ポジションは」

同じくそばに来た黒田が尋《たず》ねる。言葉は少ないが、気遣《きづか》わしげな空気が伝わってきた。

「ＰＧ《ポイントガード》で。……その、迷惑かけるかもしれないッスけど」

「合宿の三日目に俺が言ったことを覚えているか」

「え？」

――試合で、葉邑が使えるかどうかは、わからない。

一昨日、黒田にそう言われたことを思い出す。

「黒田さんも、俺が誰にもパスしないって気づいてたんスか？　だから試合で通用するかわからねえって……」

こくりとうなずく黒田を見て、思わず深く息を吐く。

そうならそうと言ってくれればよかったのに、と思うものの、口で言われても、あの時の自分は理解できなかったかもしれない。

実際、自分がパスを出さないことすら、淳哉に言われてようやく気づいたのだから。

「いっくん、頑張ろうね！　午後は絶対勝とう！」

「フジ……」

「僕、この辺……ここら辺にパスもらうと、一番取りやすいんだ。あと、あんまり回転がかかってないほうがいいかも。あとね……」

両手を振り回し、藤丸は自分の得意コースを伝えてくる。

それを見て、ふっと肩の力が抜けた。

(なんだ……失敗してもいいのか)

やったことのないＰＧをやったら、絶対に失敗すると思っていた。失敗したら、全員から失望される気がしていた。

だがここでは誰も郁を呆《あき》れない。

笑わないし、怒らない。

自分の希望を口に出して相手に伝え、一緒に勝とうと言ってくれる。

そんなことが驚くほど新鮮で、言葉にならないほど嬉《うれ》しかった。

——早く試合がしたい。

本当に久しぶりに、郁は心からそう思った。

＊　＊　＊

結局、琴ヶ乃高校との試合は一敗一引き分けで終わった。

午後の練習試合は中盤で引き離されたものの、後半に入ると逆転し、その後一進一退の攻防を繰り返しつつ、ラスト十秒前の段階で六十八対六十八の同点になった。

あと一ゴール決めたほうの勝ちだという時、郁は相手のボールをカットし……風間にパスを出したところで試合終了の笛が鳴ったのだった。

「おめーがあの時、迷わなかったらよーっ」

琴ヶ乃高校から帰る夕暮れ時、風間はずっと郁に文句を言っている。

「ほんっとハム助は脳みそちっちぇーな！　あそこでなんでパス出すかね。自分で行け、自分で！」

「う、うるせーな。風間なら決めると思ったんだよ……」

「はい、嘘《うそ》ー。どうせ自分は今、ＰＧなんだからパス出さなきゃ、とか思ったんだろ」

「う……」

　風間の言うとおりだ。

　自分でシュートを打っていれば間に合った。これまでの郁なら、誰かに頼ることなく、自分一人で攻めようとしただろう。

（でも、なんか……）

　不思議と、気持ちはすっきりしていた。

　今日、琴ヶ乃高校に勝てなければ、自分は前に進めないと思っていたのに。


『またな』

　琴ヶ乃高校の正門を出る時、相良《さがら》に呼び止められた。勝者だというのに、彼はどこか悔しさをにじませているように見えた。

『今日は会えて嬉しかった。周りともうまくやれてるみたいでホッとしたよ』

『次は負けねえよ』

『はは、もう次の話か。ホントに葉邑はバスケのことばっかりだ』

成長していない、と言われているのかと思ったが、どうもそうではなさそうだ。

相良は言葉を続けようとしたが、なにかに迷い、結局首を振った。

『今から琴ヶ乃に編入してさ……また一緒にバスケしないかって誘おうとしたけど、やめとく。絶対断られるってわかっちゃったしな』

『……相良』

『いいんだ。じゃあ、次は公式戦で』

『……ああ』

『元気で。怪我には気をつけて。あ、そうだ。あのさ――』

最後に小さく呟《つぶや》かれた言葉に、郁は大きく目を見開いた。

問い返そうとしたが、その時先を歩いていた風間に呼ばれ……郁は相良に手を振り、琴ヶ乃高校をあとにしたのだった。


「最後、なにを話してたんだ？」

淳哉の声で、郁はハッとした。

駅までの帰り道は四車線道路に接した一本道だ。歩道も広く、会社帰りの通行人たちが足早に行きかっている。

牧歌的な杏城《あんじよう》市と違い、「都会」そのものの光景だ。郁にとっては見慣れた景色だが、そんな琴ヶ乃市を杏城高校の皆と歩いているのが不思議な気分だった。

「別に、ふつーの挨拶《あいさつ》。それより淳哉さん、足は平気かよ」

「ああ、大丈夫。一時的に痛んだだけだったみたいだ」

淳哉の歩調はよどみない。

ホッとしたのもつかの間、そばを歩いていた風間がうんざりしたように肩をすくめた。

「そりゃそうだろうな。最初から怪我してねーもんな」

「言っていいことと悪いことがあるだろ、風間。性格悪いぞ！」

「ハム助は頭が悪いねー。たかがちょっと弾《はじ》いたボール取るために、光原《みつはら》が無茶して椅子にダイブして足傷《いた》めるわけねーだろ」

「は？」

「県大会まで約一カ月しかないんだぜ。ほんとに怪我してたら、もっと血相変えて治療してるっつーの」

言われた内容が理解できず、ぽかんとする。

まさかと思って振り返れば、淳哉が気まずそうに頬《ほお》を掻《か》いた。

「いや、全部が嘘ってわけじゃないよ。倒れた時、脇腹《わきばら》を打って痛かったし、膝《ひざ》もすりむいたし」

「足は!?　捻挫《ねんざ》して、歩けないんじゃ」

「いや、足首は平気かな……」

目をそらす淳哉を見て、郁は愕然《がくぜん》とした。

「ひでえ!　俺たち、マジで心配したのに!　なあフジ、お前もしたよな!?」

「はい……ひどいです、キャプテン。僕たちのこと、騙《だま》してたんですね……」

藤丸がうるうると目に涙を浮かべて訴える。

同学年の風間たちはともかく、一、二年全員から似たような視線を一斉に向けられたことが堪《こた》えたのか、淳哉が動揺して後ずさった。

「待ってくれ。違うんだ」

「なにが!」

「今日はみんなに、突然の出来事が起きた時の柔軟性を身につけてほしかったんだよ。県大会当日、誰になにが起きるかわからないだろう?　だから俺は皆が覚悟を決められるような状況を作ろうと……」

「そんな理由で一年坊主を騙そうとするのがおめーだ、腹黒。これでわかっただろ、ハム助ども。この部で一番性格悪いのは、俺じゃなくて光原だ!」

なぜか風間が胸を張る。

今までならば即否定しただろうが、今はできない。

「信じてたのに」

恨みがましくうめくと、淳哉が言葉をなくした。

郁に同意するように、藤丸も何度もうなずく。

「僕もです……。いえ、怪我してないなら、それが一番いいんですけど、ただ今日の試合はなんか……変だなって思ってて」

「フジ……お前」

「琴ヶ乃の人たち、変にいっくんにきつい気がして……。普通にしてててもやりづらかったと思うのに、さらに慣れないＰＧ《ポイントガード》をさせようとしたなら、僕、キャプテンは間違ってると思います……！」

彼はずっと気づいていたのだろうか。

それでも郁が話すまで、何も聞かずにいてくれたのだろうか。

「俺、琴ヶ乃附属だったから」

気づくと、自分で思っていたよりもあっさりと言葉が口から出た。

ええっ、と部員たちから声があがる。

彼らの視線に緊張しつつ、郁は大きく息を吸った。

「そっちで揉《も》めて、杏城に来たんだ。だから、ぎこちないのは当然っつーか」

「だから相手の人、試合中もあんな風に突っかかってたんだね。……でもいっくん、最後に優しそうな子と話してたよね。最初、体育館に案内してくれた子。仲直りできた？」

「どうだろうな。相良は元から中立だったから。ああ、でも……」

彼に関しては、郁のほうから距離を置いたのだった。

駒井たちと自分の問題に巻き込んではいけないと思って……。だが本当は、チームメイトとうまくやれない自分の姿を、相良に見られたくなかっただけなのかもしれない。

「今もバスケやってるって言えたのはよかったかもな。逃げるみたいにして、あっちを出てきたから」

「今日の試合で、ちゃんと伝わったと思うよ」

「だといいけどな。……そういうお前はどうなんだよ。なんで杏城に？」

「あはは、僕は他に受験してた私立に落ちちゃったから……。外部受験は難しいって聞いてたけど、本当だったみたい」

「外部受験が難しいって、それ、まさか」

「うん、琴ヶ乃」

藤丸はどこか申し訳なさそうに言った。

彼がそんな顔をする必要はないだろうに。

「中学の時も、全然勝てなかったし、最後のチャンスのつもりだったんだ。琴ヶ乃に入れなかったら、もうバスケは辞《や》めなさいって神様が言ってるんだと思って、ものすごく頑張って勉強して……でもダメだったから」

「それで、こっち来たのか。……あれ、でも」

郁が杏城高校で藤丸と最初に会った時、彼はもうバスケ部に入っていたはずだ。

首をひねると、藤丸は数カ月前を思い出すように、懐《なつ》かしそうに笑った。

「入学式のあと、キャプテンに声をかけられたんだ。事情を話したら、説得されて」

「せっかく続けてたバスケを辞めるなんてもったいない、とか？」

「えっと、『神様なんていないよ』って」

「……うっわ」

思いがけない台詞に、思わず声が出た。

相当「ドン引き」した顔をしていたのか、淳哉が慌てて口を挟んだ。

「バスケを辞めろ、なんていう神はいないって意味だからな。それ以上の意図はないからな！」

「受験に失敗した新入生に、そう言っちゃうところがさあ」

「ひでーよな。俺だってそんなことは言えねーよ」

便乗して、風間が肩を組んでくる。

こういう時にすかさず口を挟んでくるあたり、本当に小悪党めいている。

「風間は？」

い。


話のついでに尋ねてみた。

合宿中や先ほどの練習試合でも目に付いたが、風間の技術はかなりのものだ。オフェンスもディフェンスも基本に忠実で、かつ高いレベルを保っている。

中学時代は他県で名の知れたプレイヤーだったらしく、全国大会の出場経験もあるらしい。

そんな彼がなぜ杏城高校に来たのだろうか。

きっと自分たちが知らない、相当なドラマがあったに違いない、と思った郁に、風間は面倒くさそうに片手を振った。

「親の仕事の都合で、こっちに引っ越してきただけだ。なんで杏城に？　って質問なら、公立だったからとしか言えねーな」

「どういうことだよ」

「うちは弟妹が多いからなー。公立のほうが安上がりだろ」

「は？　それだけ？」

「誰も彼もが、部活基準で学校選ぶわけねーだろ、バスケバカ」

呆れたように見おろされ、郁はひるんだ。

「で、でも風間たちが一からバスケ部を作ったんだろ。十分バスケバカじゃねえか！」

「あれは光原がしつけーからだよ。俺らは逃げ遅れて、巻き添え食っただけ」

風間が嫌そうに淳哉をにらむ。

彼ら以外の三年生、三人もしみじみとうなずいた。

三年間辞めずに来たのだから、バスケが好きなのは間違いないだろうが、三年生の全員が同じ思いで男子バスケ部を発足したわけではないらしい。

「なんだよ、それ……。めちゃくちゃ寄せ集めじゃん」

琴ヶ乃高校に行きたくない、という理由だけで違う学校を選んだ郁が言うのもおかしいが、誰か一人くらいははっきりとした目的や、熱い思いがあって、杏城高校に入学した人がいてもいいではないか。

だが、期待をこめて皆に聞いてみても、「家が近所だったから」、「偏差値的に、一番無難だったから」といった答えが返ってくるばかりだ。

「ええー……」

「まあ、理由なんてそんなものさ」

あからさまに肩を落とすと、なだめるように淳哉が笑った。

「バスケをするために集まったわけじゃなくても、俺は今いるメンバーがベストだと思ってるよ。今年こそ、きっと県大会で優勝できる」

（——……）

揺るがない、力強い言葉。

だというのに、郁はふと胸騒ぎを覚えた。

なにが気になったのかわからない。

ただ、夕日に照らされる彼の笑顔が、やけに空虚に見えた。

「淳哉さ――」

「っと、悪い」

郁が口を開きかけた時、淳哉のスマートフォンが鳴った。

少し離れたところで電話を受けた彼は、一分もしないうちにきびすを返す。

「ごめん、ちょっと用事ができたから先に行くよ」

「え？」

「各自、まっすぐ帰ること。帰ったら、ゆっくり寝て、合宿の疲れを残さないようにな。明日から、また学校だ。遅刻は厳禁だぞ。じゃあまた明日！」

落ち着いて挨拶する暇《ひま》もない。

駆け足で遠ざかっていく淳哉の様子に、部員たちがざわめく。

「まー、気にすんな。帰るぞ」

唯一《ゆいいつ》、風間たち三年の先輩だけはなにか知っているのか、特に気になるそぶりも見せなかった。

ゆっくりと駅へ歩いていく風間たちに続きながら、郁は再び胸のざわめきを覚えた。一人、走っていった淳哉の後ろ姿がまぶたの裏から離れない。
『元気で。怪我には気をつけて。あ、そうだ。あのさ――』
琴ヶ乃高校を去る時、相良に言われたことを思い出す。
『そっちの部長さん、琴ヶ乃《うち》から推薦の話を出したのに、蹴ったってほんと？』

# 【 6 】

——なんてつまらなそうにバスケをするんだろう。


初めて「彼」を見た時、郁《いく》は一目でそう思った。

琴ケ乃《ことがの》附属中学に入った一年目、初めて県大会に参加した時のことだ。

会場になっている体育館で、郁はとある試合のラスト五分ほどを見た。

スコアを見ると、二点差だ。ここに至るまでにも接戦に次ぐ接戦だったのか、会場は白熱していて、応援が双方のベンチから飛び交っていた。

『あいかわらずうめえなー。今の、よく見てたよな』

郁の近くで、三年生の先輩が感嘆《かんたん》の声をあげた。

コートでは、敵のパスをカットした「彼」が自分の味方にパスを出し、攻守が入れ替わっている。彼を起点にして攻撃を仕掛ける様子は、郁から見てもよくまとまっていた。

ただ一つ、気になる点をあげるとすれば、

（すげえつまんなそう）

仲間に指示を出し、人一倍走り回っていても、なお。

観客や仲間の応援が白熱しても、なお。

彼だけはどこまでも冷め、つまらなそうに見えた。

『ワンゴール差でよくあれだけ落ち着いてられるよな。他のメンバーはテンションあがりすぎてばたついてるけど、よく使ってるわ』

『ミソノさんに聞いたけど、今回アンジョーが入賞したら、声かけるみたいよ』

『はー？　マジかよ。附属の俺ら、立場ねーじゃん』

『今の琴ヶ乃《ことがの》高校、ＰＧ《ポイントガード》層が薄いみたいだから、その補強って意味もあるとかないとか』

三年生たちの会話を聞き流しながら、郁は早くも興味をなくしていた。

バスケがうまい人はすごいと思う。

だが、どんなにうまくても、冷めているなら興ざめだ。

――楽しい、勝ちたい、負けたくない……。

どんな類《たぐい》のものであれ、感情が爆発するのがスポーツのだいご味だと思うのに。

結局、郁はそのあと、「彼」の姿を見ることはなかった。

おそらく「彼」は当時、すでに中学三年生で、県大会が終わった時点で引退したのだろう。そして高校で、それらしき人物の名を聞かないところを見ると、バスケ自体を辞《や》めたに違いない。

まあ、そうだろうな、と郁は思った。

あんなつまらなそうにしていて、バスケを続ける人がいるわけない——。


季節は巡り、五月の最後の月曜日になった。

朝から細かい雨が、サラサラと音を立てて降っている。

あんずのイメージが強い杏城《あんじよう》市にもアジサイが咲きはじめ、町を鮮やかに染めていた。

「へえ、生で見たの初めてだ」

昼休み、新館と体育館をつなぐ渡り廊下で、郁は目を丸くした。

屋外の渡り廊下にせり出すようにして生えたアジサイの葉に、大きなカタツムリがくっついている。霧《きり》のような小雨《こさめ》が吹きつけ、貝殻《かいがら》がキラキラと輝いていた。

琴ヶ乃市で、郁はカタツムリを見たことがない。市内に広い公園はあるが、人の手が入った自然の中では、彼らは生息しづらいのかもしれない。

「……っ」

物珍しさもあり、つい手を伸ばす。

ちょん、と触角を一本つついてみると、一瞬で縮んだ。

「……おお」

もう一本をつつくと、また縮んだ。

「おおお」

「なにしてんだ、あほハム」

突然、背後から呆《あき》れた声がかかり、郁はとっさに飛びのいた。

振り返ると、新館のほうから風間《かざま》と淳哉《じゅんや》が歩いてくる。……見られた。

「おめー、今、初めて火を見た原始人みてーだったぞ。現代に戻ってこい」

「う、うるせえな。図鑑でしか見たことなかったから、珍しかったんだよ……っ」

「は？　マジで？」

呆れを通り越して愕然《がくぜん》とした風間の隣で、淳哉が吹き出す。

「カタツムリ見たことないとか、原始人じゃなくて現代っ子そのものだな」

「うへー、最近のガキこえー」

天を仰《あお》ぐ風間をあしらいながら、淳哉は郁に目を向けた。

「ずいぶん早いな。昼はちゃんと食べたか？」

「あ、ああ」

この日、昼休みに体育館に集合するよう、淳哉からメールが来たのだった。

杏城高校では一時間しかない昼休みに練習はない。なんの用事かとメールで尋《たず》ねたが、淳哉はぐらかすばかりだった。

(やっぱ、いつも通り……だよな)

なにかを企《たくら》んでいるように笑う顔も、それでいてバスケ部員のことを一番に考えてくれる台詞《せりふ》も。

(あれは淳哉さんだったのかな)

ここ数週間、ふとした時に思い出すことが今も脳裏をよぎる。

三年前に一度だけ見た、やる気のないバスケプレイヤー。

とてもうまいのに、ものすごくつまらなそうだった「彼」の面影《おもかげ》が淳哉に重なる。

これは数少ない、郁の特技かもしれない。

中学一年の時、一度だけ対戦した藤丸《ふじまる》のことを覚えていたように、気になるバスケットプレイヤーに関してだけは、他のことよりも長く記憶できる。

(まあ、気にすることない、よな)

たとえ「彼」が淳哉だったとしても、あれは三年前の話だ。

もしかしたら、淳哉は中学時代、部活がつまらなかったのかもしれない。「兄は、本当はバスケが好きなはず」とリオが以前、電話で郁に言ったのも、中学時代のことがあったからだとすればうなずける。

だからこそ、彼はバスケ部のない杏城高校に来たのかも。

それでも高校でやはりバスケがやりたくなり、自《みずか》ら部を作ったのだとすれば、納得のいく話だ。

自分たちはこれまで通り、一丸となって全国を目指せばいい。

頭ではそうわかっているのに、なぜこんなにも気になるのだろう。

三年前の「彼」の、冷めた眼差《まなざ》しが頭から離れない。


「葉邑《はむら》、聞いてるか？」

「えっ、あ……」

突然、声をかけられ、郁はハッとした。

体育館のメインアリーナには男子バスケ部員が勢ぞろいしていて、淳哉を囲んで半円を描いている。

そういえば先ほど、渡り廊下で淳哉たちと合流したあと、皆で体育館に向かったのだった。淳哉はぼんやりしていた郁に苦笑しつつ、持っていたクリアファイルから数枚の書類を取り出した。

「県大会まであと十日だけど、大会の組み合わせ表が届いたんだ」

おお、と部員たちから期待と興奮のこもった声があがる。

「琴ヶ乃は……なんだ、最後か」

淳哉から組み合わせ表を受け取り、顔をしかめた。

杏城市や琴ヶ乃市がある県の県大会はAからDまでの四ブロックに分かれ、トーナメント方式で試合を行うことになっていた。

各ブロックの代表校が決まったあと、AとB、CとDブロックの代表校がそれぞれ戦い、残った二校が決勝戦を行う。

組み合わせ表を見ると、杏城高校はAブロック、琴ヶ乃高校はCブロックに配置されていた。戦うには、両校が決勝まで勝ち残らなければならない。

(しかも琴ヶ乃はシードかよ)

去年の県大会優勝校である琴ヶ乃高校は一回戦が免除されていた。

勝ち続けるにつれ、この一試合分の疲労度が思いのほか、選手たちの体にのしかかる。

しかも、なによりもきついのが、

「組み合わせ表を見て気づいた人もいるだろうけど、大会の二日目と三日目は二試合ずつやるからな」

淳哉の言葉に、あちこちでうめき声があがった。

「大会は来週の木曜から土曜まで。金曜もきついけど、問題は……」

「土曜日、だよな。準決勝と決勝の二試合」

「葉邑の言うとおりだ。脅《おど》すわけじゃないけど、土曜はみんな覚悟するように」

トーナメントを勝ち上がってきた学校との二連戦だ。

二試合とも全力で挑まなければ、勝ち目はない。

ぞくりとしたものの、同時に郁は、はやる気持ちを抑《おさ》えきれなかった。

土曜日に二試合行う……。それは準決勝まで勝ちあがることと同義語だ。

淳哉は大丈夫だ。ちゃんと県大会を勝ちあがる気でいる。

「そのために練習してきたんじゃん。ビビることねえし」

郁の言葉に、淳哉が笑う。

「そうだな。みんなも葉邑のメンタルを見習おう。大丈夫。全員で力をあわせれば、きっと優勝できるさ」

「おい、ハム助、単細胞って言われてんぞ。抗議するなら味方してやるよ」

風間がすかさず近づいてきて、郁の肩に腕を回す。

「あいつ、腹の中真っ黒だよなー。むかつくだろ？　むかつくよな？」

「別にむかつかねえよ」

こういう時に嬉々《きき》として寄ってくるあたり、風間は非常に小物臭《くさ》い。

肘《ひじ》を立てて彼をけん制しつつ、郁は顔をしかめた。

「大体、やる気になって、なにが悪いんだよ。ここまで来たらやるしかねえじゃん」

「おめーは強がりじゃなくて、本当にそう思ってそうだからこえーわ」

「本気に決まってんだろ。県大会でひるんでたら、全国制覇なんてできねえし」

「全国……ハム助、それ、光原《みつはら》に言ったか？」

一瞬、風間の様子がいつもと違った気がした。

こちらをからかうのではなく、素《す》で驚いたような……。

「なんだよ」

「……いや、なんでもねー。簡単に全国制覇とか言えるとか、怖いもの知らずな一年坊主はこえーこえー」

けけけ、と変な声で笑いながら風間は離れていった。自分から近づいてきたのに勝手な男だ。

（インハイ優勝が目標って、別にそんなに変じゃねえだろ）

勝ち続ければ、いずれたどり着く場所だ。

全員が同じ場所を目指していたら、きっと行ける。

一人も欠けることなく、自分たちは全国へ――。

結局、淳哉は昼休み、組み合わせ表を郁たちに渡しただけだった。

これならば画像をメールで送るか、本館の一階などに集合して表を配るだけでもよかったようにも思うが、そういうことではないのかもしれない。

バスケットコートで、部員全員が同じ話を聞き、同じ思いを共有する……。

淳哉はそれを望んだのかもしれない。去年二回戦負けの杏城高校が、一丸となって県大会優勝を果たすために。

「負けたら、その時点で淳哉さんたちは引退だもんな」

教室に帰る途中の階段で郁は呟《つぶや》いた。

杏城高校は本館の二階が三年生の教室、三階が二年生、四階が一年生の教室に割り当てられている。部員たちは階段を登るごとにその数を減らし、三階を過ぎると、一年生四人だけになった。

そろそろ休み時間が終わるようで、ぞろぞろと階段を上ってくる生徒に交ざり、郁はため息をついた。

「三年は夏に引退ってイメージだけど、それって実際違うよな」

「確かに。十日後の県大会で負けたら、そこで代替わりだし」

「県大会って実はすごい重要だよな。中学のころは、インハイの予選としか思ってなかったけど」

同じ一年部員の西園寺《さいおんじ》と吾妻《あづま》が苦笑しながら同意する。

全国のバスケ部三年生の大半は夏ではなく、六月の県大会で引退する。「夏に引退できる高校三年生」は郁たちが思っていたよりも、ずっと限られた存在なのだ。

淳哉たちとバスケをはじめてまだ二カ月しかたっていないが、もしかしたら別れは予想以上に早くやってくるのかもしれない。

「なんか……やだな」

思わず本音が口をつく。

ぶはっと西園寺が吹き出した。

「葉邑、全国制覇目指すって言ってたじゃん。頑張れよ」

「そうそう、お前が無駄に強気でいなきゃ心残りだろ」

「無駄ってなんだよ！　はじまる前から弱気になる理由なんて……」

口をとがらせて言い返しつつ、郁は違和感を覚えた。

(……なんだ？)

吾妻と西園寺を見あげる。

……頑張れ？　心残り？

「え……なんだ？」

郁より、数段上を歩いていた二人が立ち止まる。

二人とも、微笑んでいた。

どこか冷めた笑顔で。

「わりーな葉邑。俺ら、バスケ部辞めるわ」

「……は？　いきなりなんだよ。その冗談、つまんねえぞ」

「冗談じゃねえよ。ゴールデンウィークのころから考えてたんだけど、やっぱついていけねえと思ってさー」

　吾妻が肩をすくめて苦笑した。

　いつも飄々《ひょうひょう》とした彼は、今も唖然《あぜん》とするほど軽快だ。しかしそれと同時に、彼の身体《からだ》をものすごく重い、もやのようなものが覆《おお》っているように見えた。

　あまりにも重い荷物を背負って疲れ果ててしまった老人のように、二人の雰囲気が「老《お》いて」いる。

「多少練習がきつくても我慢しようと思ってたけど、多少、じゃなかったからさあ。土日も祝日も練習で潰《つぶ》れるし、ゴールデンウィークもそうだった。この調子なら、夏休みも冬休みもそうだろ。俺、そこまでバスケに青春を捧《ささ》げる気で入部したわけじゃねえからさ。他の遊び、全部犠牲にする気はねえんだわ」

「それは……でも、その代わりにうまくなるし！」

「大真面目《おおまじめ》にそう言っちゃうところが葉邑だよなあ」

　困ったように笑う吾妻の隣で、大柄な西園寺も首を振った。重く、のっそりとした動作で。

「試合に出たいって気持ちはあるけど、俺はＰ　Ｆ《パワーフォワード》志望なんだよ。吾妻はＰ　Ｇ《ポイントガード》志望で光原《みつはら》部長がいるけど、俺は黒田《くろだ》先輩と同じなんだ。黒田先輩は二年だし、俺の場合は今年だけじゃなくて、来年の夏まで補欠確定だ。さすがに二年以上、それはちょっとな」

「そんなの頑張りゃいいじゃん！　黒田さんは確かにすごいし、めちゃくちゃ練習してるけど、それ以上にもっとやれば……」

「もっとってどれくらいだよ？」

西園寺が語調を強めた。

静かだが、きつい口調に郁はびくりとした。

中学時代に駒井《こまい》たちと揉《も》めたことを思い出す。今の西園寺たちは、あの時の彼らとどこか似た顔をしている。

絶句する郁に、西園寺は唇《くちびる》の端をつりあげた。

「葉邑はいいよ。Ｓ　Ｆ《スモールフォワード》としてスタメンで出れる可能性、十分あるじゃん。光原部長にも目をかけられてるし、他の先輩たちの評価も悪くない。……なんでだろうな。お前、部長に敬語も使ってないのに」

「それは」

「ああ、別に責めてるわけじゃないよ。お前、最初から生意気キャラで通用してた感じがあるしさ。風間先輩とも普通に絡《から》んでるし。やっぱ、そういうのがスタメン選びにも出るんだろうなって思ったら、ちょっと疲れちゃって」

「キャラとか、そんなの」

自分は知らない。

淳哉たちは、そんなことでスタメンを選んだりはしないはずだ。本気で県大会優勝を目指しているのだから、練習熱心で、結果を出している部員を選ぶのだろう。

だからこそ、自分が県大会で試合に出られるかどうかは微妙なラインだ、と郁は思う。

スタメン選びの参考にすると言われたゴールデンウィーク最終日の練習試合で、自分はまったく活躍できなかったのだから。

「あの……二人とも、落ち着いてよ。キャプテンは贔屓《ひいき》とかする人じゃないし……」

それまで動揺していた藤丸も必死で言った。

だが、吾妻は首を振り、藤丸と郁を交互に見おろす。

「うちで百九十センチ以上のプレーヤーは泉《いずみ》だけだし、お前はC《センター》で確定だろ。……だからさ、そういうことなんだって。お前らは見返りがあるから頑張れるだろうけど、俺らはねえから」

「バカなこと言うなよ！　スタメンは当日にならないとわからねえじゃん。全員、条件は同じだし」

「……ああ、じゃあ当日まで待ってみるかな。で、スタメンじゃなかったら、その場でサヨナラってことで」

鼻で笑う西園寺を見て、郁は足から力が抜けそうになった。

説得すれば、引きとめられると思った。なにか問題があるなら、自分も協力できることがあるのではないかと思った。

……だが、ダメだ。

試合直前に退部者が出れば、他の部員の士気が下がる。そういうことも考えられないヤツとは一緒にやっていけない。

「ほんとに辞めるのか？　後悔とか……」

「しねえ。つか、このまま続けていくほうが苦しいんだって。……なんで葉邑たちばっかり贔屓されてんだ。なんで俺らはずっと補欠なんだ……。最近はそう考えてばっか」

「俺も。葉邑がガンガン部長たちに絡んでるのを見て、イラついて仕方なくてさ。これ以上バスケ部にいたら、ねたみで死にそう」

「悪いけど、俺たちはここまでだ。応援には行かないけど、県大会頑張れよ」

「じゃーな」

苦笑し、西園寺と吾妻はそろって階段を上っていった。

振り向かない背中を見送り、郁は思わずよろめいた。……貧血を起こしたように、視界がぐらぐらと揺れている。

「……ねたみってなんだよ」

試合に出たかったらたくさん練習する、ではダメなのだろうか。

自分よりもうまい相手がいたら、彼の何倍も努力する、ではダメなのだろうか。

「俺のせい、か……？　俺がいたから……」

「違うよ、いっくんのせいじゃ……！」

藤丸の声が遠くで聞こえたが、頭には入らなかった。彼の声をかき消すほど大きく、先ほどの吾妻と西園寺の声が鼓膜の奥で響いている。

「淳……に……」

「いっくん？」

「淳哉さんに、教えてくる」

郁をバスケ部に勧誘したように、淳哉なら吾妻たちを説得できるかもしれない。きっとできる。淳哉なら。

すがるような思いで、階段を駆け下りる。

上階に向かう生徒の群れをかき分け、淳哉たち三年生の教室がある二階へ行くつもりだったが、

「ね、ねえ……大丈夫？」

二階と三階の間の踊り場でうろたえている二人の女子生徒に気づき、郁は足を止めた。

彼女たちのそばに、一人の少女がうずくまっている。

「光原!?」

顔は見えないが、間違いない。長くて艶《つや》やかな黒髪と背格好から、リオだとわかる。

「どうした!?」

吾妻たちの件が頭から吹き飛んだ。

慌《あわ》てて駆け寄ると、友人らしき二人の女生徒が泣きそうな顔で首を振る。

「わ、わかんない。急に座りこんじゃって……お腹《なか》痛いのかなって思ったんだけど、なんか息ができない感じで、超苦しそうで」

「ねえ、先生呼んできたほうがいい？　保健室？」

聞かれても、郁にもどうすればいいのかわからない。

「……保健室に連れてく」

わからないからこそ悩まなかった。

リオの肩と両膝《ひざ》の裏を抱《かか》え、横抱きにして持ち上げる。友人たちが目を丸くしたのが見えたが、気にしている余裕はない。

「どっちか、三年《さん》C《シー》組の光原って男の先輩にこのことを伝えて。こいつの兄貴！」

「わ、わかった」

女生徒の声を背に受けながら、郁は一気に階段を駆け下りた。

リオの体はぎょっとするほど軽い。まるで人型の綿でも抱えているみたいだ。身体《からだ》を硬直させ、ハ、ハ、と浅い呼吸を繰り返すばかりで、それ以外の反応を返さない。

普段から白い顔がより一層青ざめていて、見ている郁まで息苦しくなってきた。

「おう、センセイ！　急患！」

夢中で一階まで駆け下り、保健室を目指す。

運よく開いていたドアから飛びこみ、郁は声を張り上げた。


「もう大丈夫。落ち着いたよ」

それから十五分ほどたったころ、三十代の女性の養護教諭が郁に言った。

保健室は片づけられていて、アロマオイルと消毒液の匂《にお》いが混ざった独特の香りがする。

部屋の奥にはカーテンで囲まれた一角があり、その向こう側にリオが寝ているはずだった。

先ほど、郁が保健室に駆け込んだ時、養護教諭はうろたえることなく、リオをベッドに寝かせて、素早く人工呼吸器のようなものをあてがってくれた。

(ずいぶん慣れてたような……)

「光原さんは大丈夫だから、キミは教室に戻りなさい」

そわそわと丸椅子に座っていた郁に、養護教諭が言った。

口調はさばさばとしていて、声も落ち着いている。彼女がそう言うのなら大丈夫なのだろうが、

「ほんとに平気か？　光原、すげえ苦しそうだったんだよ。病院とか……」

「ああ、今、手配した。キミはもう授業がはじまっているだろう」

「でも……！」

「すみません。妹が倒れたと聞いたんですが！」

その時、淳哉が保健室に駆け込んできた。

制服ではなく、学校指定のジャージを着ているところを見ると、体育の授業だったらしい。教室にいなかった淳哉を必死で探したであろうリオの友人に、郁は心の中で感謝した。

「葉邑？」

予想外だったのか、淳哉が目を見開く。

その反応に、養護教諭が肩をすくめた。

「妹さんを連れてきてくれたんだよ。階段のところでアレが起きちゃったみたいでね。その場でなにかしようとせずに、ここに連れてきてくれて助かった」

「そうでしたか。……ありがとう葉邑。悪かったな」

「いや、俺はなにも……じゃあ」

二人の雰囲気から、自分は出ていったほうがいい、といやでも察する。

のろのろときびすを返しながら、郁はベッドのほうに目を向けた。

（光原……）

ベッドはカーテンで覆われていて、リオの姿は見えない。

安静に寝ている姿を見られないからだろうか。先ほどの苦しそうなリオの顔が、脳裏から離れなかった。

「……やべ。メール来てる」

それでも渋々《しぶしぶ》保健室を出た時、藤丸からメールが届いていることに気づいた。

吾妻たちの件を淳哉に話せたのかどうかを心配している。

そういえば、その話をするために淳哉を探していたのだとやっと思い出した。

「それどころじゃなかったしな……」

リオの話を下手《へた》に広めるのはためらわれた。

淳哉にはまだ話ができていない、と返信し、郁は大きく息を吐いた。

静まり返った廊下で、最後にもう一度、保健室を振り返る。

そこにリオがいると思うと、再び胸が苦しくなった。


「昼間は悪かったな、葉邑」

その日の放課後、郁は体育館で淳哉に呼びとめられた。

ちょうど練習前だ。エントランスにある水飲み場で雑巾《ぞうきん》を濡らしていた郁は首を振る。

「俺は別に。光原は？」

「病院に行ったから大丈夫だよ」

それきり沈黙が落ちる。

もっと聞いてもいいものだろうか。

(気になる、けど)

郁は部外者だ。

言いたいことを言って揉めた過去を思い出すと、他人と関《かか》わることに及び腰になってしまう。この二カ月でだいぶマシになったと思っていたが、それでもまだ、こういう時に適切な言葉が出てこない。

「ふっ」

不意に淳哉が噴き出した。

「なんだよ!?」

「悪い。葉邑の顔がおかしくて」

「あんまりじゃねえ!?」

不細工だと直接言われたのは初めてだ。別に容姿に自信があるわけではないし、気にしてないが、本人の努力ではどうにもならない部分を笑うとは。

まなじりをつりあげた郁に、淳哉は笑いながら手を振った。

「違う違う。聞きたいけど聞けない、でも気になる……ってのが手に取るようにわかって、おかしかったんだ。葉邑は言葉が足りない分、全部が顔に出るな」

「別にいーよ。好きなだけ笑えば!?」

「拗《す》ねないでくれ。悪かったって」

笑いながら謝る淳哉をにらみつつ、それでも郁はホッとした。

（いつも通りだ）

兄である淳哉が普通だということは、リオは大丈夫だったのだろう。

「肺の病気なんだ」

「え」

ひとしきり笑ったあと、淳哉がぽつりと言った。

驚いて顔をあげると、先ほどとは違って複雑な笑みを浮かべる淳哉と目が合った。

「リオはね。普段は少し人より体が弱い、くらいなんだけど、無理をすると肺に穴が開く危険がある」

「それ、平気なのかよ!?」

「今日は大丈夫。今すぐ命に関わる病気でもないしね」

でも、と淳哉はため息をついた。

「勝ち気な性格だから、自分の身体が思い通りにならないことが悔《くや》しいんだろうな。一人で隠れて泣いてるのを見てしまうと、やっぱり兄としてはもどかしい。昔みたいに我儘《わがまま》をぶつけてくれればいいんだけど、それをできなくさせたのは俺だから……」

「なにかあったのか？」

郁が尋ねると、淳哉はハッと目を見張った。

一瞬ハシバミ色の目がめまぐるしく色を変え……すぐに収まる。

「いや、そうじゃない。リオも大人になったから、兄としては、ちょっとさみしいって話だよ」

「そうかよ」

気になったが、この時もやはり郁は尋ねられなかった。

淳哉も今度は自分から話そうとはしてくれない。

「リオは自分が全力で走ったりできない分、スポーツをやってる奴を応援するのが好きなんだ。もし妹を心配してくれるなら、県大会にぶつけてくれ。期待してるよ」

「……わかった」

うなずくことしかできない自分が不甲斐《ふがい》なかった。

いつもいつも、郁はその時に言うべき言葉がわからない。不用意なことを言ってしまうか、それを恐れて黙るかの二択だ。

　中学時代よりもバスケは上達した気がするが、「対人関係を学ぶ」という最初の入部目的については少しも成長していない。

「今日から、一年は葉邑と泉だけになるよ」

　続けて、静かに淳哉が言った。

　……ああ、吾妻たちはもう淳哉にその話をしていたのか。

　ズンと胃の奥が重くなる。

「昼間、俺らも聞かされた。……その、説得とか」

「無理だろうね。練習についてこられないなら、なにもできない」

　その乾いた声に、郁は思わず振り向いた。

　淳哉はいつも面倒見がよく、部員一人一人のことをよく考えていた。部員に悩みがあれば、根気よく付き合い、ともに解決してくれる人だと思っていた。

　郁が入部を迷う時も、悩みがあれば一緒に解決策を考える、と言ってくれた。

　それなのに、吾妻たちの手は簡単に離すのだろうか。

　そんな思いが顔に出ていたのだろう。

　郁を見た淳哉が苦笑する。……少し、鈍感《どんかん》さを呆れられたような気がした。

「彼らの退部理由は、練習がきつい、と、試合に出られない、の二つだったからな。試合に出られないのが悔しいなら、練習メニューの見直しや自主練に付き合ったけど、練習がきつい、と言われたらどうしようもない」

「なら、練習メニューを見直すとか……」

「葉邑はそれでいいのか？　自分が必死に練習してる横で、軽くて楽しい練習だけしたり、気分次第で練習に出てこない部員がいても平気？」

「それは」

平気かどうか、など改めて聞かれるまでもない。

不真面目な部員に注意した結果、郁は中学時代に揉めたのだ。同じ口調で責めるかはともかく、適当なことをやられたら自分は確実に苛立《いらだ》つだろう。

そして、そんな自分の暑苦しさが負担になっていたと吾妻たちからも告げられた。もうどうすればいいか、わからない。

「こればかりは仕方がない。一緒に県大会に挑めないなら、辞めてもらうしかない」

「……意外だ。淳哉さんでも、そういうこと言うんだな」

「あれ？　ゴールデンウィークで正体がばれたと思ってたけどね」

冗談めかして笑う淳哉に笑い返すことができず、郁はあいまいに肩をすくめた。

突き放されたのは吾妻たちだったが、自分まで手を離されたような気がした。

吾妻たちが辞めて、ショックを受けている郁とは違い、淳哉は普段通りだった。情けないと吾妻たちに怒ることも、引きとめられなかったと落ちこむこともない。

郁の前でそう装《よそお》っているだけだろうか。

いや、彼は本当に、なにも感じていないように見える。

(俺たちってなんだ……？)

淳哉の心に、自分たちはいないような気がした。

まじめに部活をやる一年部員AとB。そして退部したCとDがいるだけで、AとCが入れ替わっても大差ないような錯覚に陥《おちい》る。

——この人は俺たちの名前をちゃんと知ってるんだろうか。

そんなバカげた思いが脳裏をよぎる。

くだらない、と頭を振りつつ、ひやりとした気持ちは小さな塊《かたまり》となり、郁の胸の奥にいつまでも居座り続けた。

# 【 7 】

日々は飛ぶように過ぎた。

あっという間に六月に入り、県大会当日がやってくる。

大会初日は木曜日だ。

十三時半から隣町の佐壁《さかべ》市にある市民体育館で試合開始ということもあり、郁《いく》たちは午前中の授業を終えるとすぐ、マイクロバスに乗りこんだ。

杏城《あんじよう》高校では部活動の公式戦が授業と重なった場合、部活動を優先することが許可されている。

平日の昼間、授業を受けずにバスケをするのは不思議な感覚だ。

学校をサボっているような落ち着かなさと、試合前の緊張感。

十日前に一年部員を二人失った杏城高校のバスケ部は、十一人という少人数で県大会に挑むことになった。

(吾妻《あづま》たち、結局連絡つかなかったな)

バスに揺られながら、郁は持っていたスマートフォンに目を落とした。

今日の集合時間や場所に関するメールは送ったが、吾妻と西園寺《さいおんじ》からは返事がなかった。

（まだ信じられねえや）

自分が二人の退部届を見ていないからかもしれないが、いまいち実感がわかない。

本当は、彼らは辞《や》めていないのではないだろうか。もしくは、淳哉《じゅんや》は退部届を預かりつつも、受理していないのではないか……。

祈るようにその可能性を考えるが、この十日間、吾妻たちが一度も部活に来ないことで思い知る。

多分、彼らは本当にバスケ部を辞めたのだ。

そして淳哉以外の先輩たちも、そのことに関してなにも言わない。退部者が出ることは仕方がないと納得しているのだろう。

（部員……こんな簡単に減っちゃうんだな）

二年の先輩たちが去年、合宿後に何人も退部したと聞かされていたのに、自分たちの代は大丈夫だと思い込んでいた。

それが錯覚だったとわかり、足もとが急にぐらついていくような感覚に襲われる。

「それじゃあ今日のスタメンを発表するよ」

バスの中で淳哉が言った。

「ＰＧ《ポイントガード》は俺、ＳＧ《シューティングガード》はミドリで、ＳＦ《スモールフォワード》は葉邑《はむら》、ＰＦ《パワーフォワード》は黒田《くろだ》で、Ｃ《センター》は泉《いずみ》だ。試合状況に応じてメンバーは替えていくけど、まずはこれで行こう。県大会はトーナメント制だから、一試合でも負けたらそこで終わりだぞ。みんな、集中するように」

口々に応じる声が上がる中、郁は拳《こぶし》を握りしめた。

一試合目からスタメンだ。

あんなに望んでいたのに、胃が重く痛みだす。

お前ばかりが優遇されていてずるい、という吾妻たちの声に、元チームメイト駒井《こまい》の声が重なって聞こえた。

――俺がどれだけ惨《みじ》めだったかわかるか!?

あれは中学から今に続く、駒井の慟哭《どうこく》だった。

あの時も今も、自分はなにも変わっていないのかもしれない。

(そうじゃないって……)

誰かに言ってほしかった。

お前はただ、夢中でバスケをしていただけで、なにも悪くない、と。

だが、その不安を誰かに打ち明けることはできない。

――いつまでもくだらない悩みを抱《かか》えるようなら、バスケ部には必要ない。

そんなふうに、冷たく突き離されそうで。

そして県大会がはじまった。

高校の公式戦は中学までのそれとは全然違う。

淳哉や風間《かざま》は背こそ高いが、顔立ちは高校生らしい精悍《せいかん》さを持っていたが、相手校の三年生はひげを生やしていたり、力仕事を生業《なりわい》にしている社会人のような風貌《ふうぼう》で、前に立つだけで気おされる。

また、相手のプレイスタイルも戦法も知らないため、郁は単純なフェイクにも引っかかった。そして、練習ではまず外さないシュートを何本も落とした。

そんな一つ一つのミスにまた焦《あせ》る。

焦るから、またミスをする。

悪循環《あくじゅんかん》だ。

自分がこれほど、精神的なものに左右されるとは思わなかった。

それでも三年部員が活躍し、試合自体は勝利に終わる。

続く翌日の二、三回戦。

県境にある深町《ふかまち》高校で、試合がある。

初日と違い、郁も大会の空気に慣れてきた。

交代を繰り返しつつ、チーム一丸となって試合に挑み……あっという間に陽《ひ》が暮れた。

「……以上だ。みんな、今日は早く帰って、ゆっくり休むように。疲れを明日に残さないようにね」

夕方、深町高校の正門前で、淳哉が部員を集めた。

昨年は県大会二回戦負けだった杏城高校が、今日の勝利でベスト四入りだ。

この結果に、部員たちの顔は明るい。

明日への意気込みをあらわにする部員たちを見回し、淳哉は満足そうにうなずいた。

「じゃあミドリ、あとは頼んだ。寄り道するなよ」

「おめーは俺をなんだと思ってんだよ」

しっしっと嫌そうに風間が手を振る。

淳哉は怒ることなく肩をすくめ、郁たちにひらりと手を振った。

「じゃあな。また明日！」

「淳哉さん？」

一人、駅の反対方向に去っていく淳哉に、郁は首をひねった。

だが風間たち三年生の先輩は気にすることなく、駅のほうへ歩いていく。

「おい風間、淳哉さん、どこ行ったんだ？」

「さー、気分転換じゃね？」

「まじめに答えろよ。つか、試合中も変だったよな」

「変ってどこが」

風間の返事に、一瞬間《ま》が空《あ》いた気がした。

不思議に思いつつ、郁は気になった違和感を口にする。

「妙に慎重っていうか、淳哉さんらしくなかったっつーか」

まじめなスポーツマン、といった外見に反し、淳哉のゲームメイクは遊び心に満ちている。

一見、シュートを打ちにくそうな位置にいる選手へのパスや、妙な回転をかけた変速パス。時には自分で、相手のファウルをもらったうえでシュートを決めたりもする。

敵だけではなく、味方まで翻弄《ほんろう》して遊んでいるような淳哉に、郁も最初のころはよく混乱させられたものだ。

(でも今日は違った気がする)

無理なパスは出さない。

無茶な戦法は取らない。

その堅実なバスケは淳哉らしくなく、明日の準決勝にコマを進められたというのに達成感があまりない。

「ミスするのを嫌がってるっつーか。まあ、そのおかげで勝てたのかもしれねえけど……

なにかあったのか?」

「……おめーはホント、にぶいのか鋭いのか、わからんね」

はあ、とため息をついた風間に、三年生たちが「おい」と声をかける。なにかを制止するように。

彼らにひらひらと手を振り、風間は肩をすくめた。

「黙ってても伝わるだろ。最悪、明日、光原《みつはら》は欠場だ」

「なんだよ、それ!」

「運がよきゃ来るさ。俺は別にどっちでもいいけどな」

血相を変えた郁に、風間は続けた。極力声を潜《ひそ》めたのは、他の部員まで話を広げないためだろうか。

「アイツは女に会いに行った。……って言ったらわかるか?」

「冗談言ってる場合じゃねえだろ……待てよ。女?」

ぞくりと背中がすくみ上がるような感覚に、郁は息を飲んだ。

以前、ゴールデンウィークの練習試合の帰りにも似たようなことがあった。どこかからかかってきた電話を取った淳哉はそのあと、一人で先に帰ってしまったのだった。

結局、あれがなんだったのか、郁は知らないままだったが、

「……深町市って確か総合病院あるよな」

「ホント今日は鋭いな、ハム助」

「光原になにかあったのか⁉」

そういえばここ最近、リオの姿を見ていない。隣の一年B組にいるのはわかっていたが、たまに教室をのぞいても彼女はいなかった。

それでもB組の生徒に聞くと、登校していると言われたので、単に自分のタイミングが悪いのだと思っていたのだ。

だが、登校しているからといって、元気だとは限らない。

そんなことにすら頭が回らなくなっていた。

「入院したって話だ。それ以上詳しいことは知らねー。俺ら、あんまり突っ込んだ話はしねーしな」

「……っ。様子見てくる」

時計を見ると、まだ十八時前。

面会時間には間に合うだろう。

淳哉の去った方向に走ろうとすると、焦った風間に止められた。

「いやいや、待て。おめー、俺の話聞いてた⁉」

「光原が入院したんだろ？　心配じゃん」

「おめーがあっち行ったら、俺が文句言われるんですケド！」

「しらねーよ。勝手に怒られろ」

俺は関係ねえからなー！　と叫ぶ風間の手を振り払い、郁は一人で淳哉のあとを追った。

総合病院までの詳しい道順はわからないが、こういう時、スマートフォンは便利だ。

地図アプリを開き、郁は誘導に従って走った。

深町市の総合病院は川沿いにあった。

夕暮れ時の河川敷《かせんじき》には桜がずらりと植えられていて、もう少し早い時期ならばさぞや見《み》栄《ば》えがしただろう。

（淳哉さんとは会わなかったな）

水の匂《にお》いに包まれながら、郁は病院の自動扉をくぐった。

おそらく淳哉は自分とは違う道を通ったのだろう。

「う……」

そんなことを考えながら、病院内に足を踏み入れた瞬間にひるむ。

なじみのない病院特有の空気が充満していた。

外来患者もいるが、点滴スタンドを押しながら移動する入院着姿の患者や、松葉づえをついた患者も多い。

そんな中、ジャージ姿でボストンバッグを抱えた郁は悪目立ちしていた。

（受付で光原の名前を言えばいいのか？　カウンターいっぱいあるけど、どこが受付？　つか、不審者だと思われるかも……）

勢いでここまで来てしまったが、ようやく後悔する。

無意識に、郁が後ずさった時だった。

「葉邑？」

「えっ、葉邑くん？」

驚いたような声が二つ同時にかかった。

一階に到着したエレベーターからリオと淳哉が降りてくる。

淳哉は郁と同じジャージ姿だが、リオはピンクのパジャマにカーディガンを羽織っている。薄着だからか、細い首と薄い肩が強調されていて、郁は言葉をなくした。

「葉邑、なんでここに……って、決まってるか。ミドリが言ったんだな」

「あー……いや、俺が無理やり聞きだしたっつーか」

ピリッと淳哉の気配が張りつめた気がして、慌《あわ》てて郁は首を振った。風間をかばったわけではないが、彼の制止を振り切ってここに来たのは確かだ。

「えっと、気になって。光原が入院したって……」

「全然大丈夫なんだよ。お医者さんもお兄ちゃんも大げさで困っちゃう」

リオは笑いながら顔の前で手を振った。

だがその顔は雪のように白く、呼吸は浅い。それでいてしっとりと額《ひたい》に汗をかいているようで、見ている郁のほうが息苦しくなってくる。

以前、学校の踊り場で倒れていたリオの姿が、今の彼女に重なった。

「リオ、先に部屋に戻ってるといい。雑誌は俺が適当に探しておくから」

やんわりと淳哉がリオの肩に手を添えた。

普段よりも「妹」の顔で、リオは頬《ほお》を膨《ふく》らませる。

「お兄ちゃん、それでこの前、家庭菜園の雑誌買ってきたでしょ。ちゃんと面白いものにしてよ」

「おかげで園芸について詳しくなっただろう？　大丈夫、ちゃんとファッション雑誌にするから」

「だから面白いものにしてって……あっ、うん、ファッション雑誌でお願い。私、ファッション雑誌大好き」

なぜかリオは郁を見てハッとしたあと、慌てて笑い、そそくさとエレベーターに乗り込んでしまった。

首をひねる郁の前で、淳哉がくつくつと笑う。

「少しゆっくりしていこう。慣れない化粧に手間取るだろうから」

「入院中って化粧しなきゃいけねえの？」

女は大変だな、としみじみ呟《つぶや》くと、さらに噴き出すように笑われた。

彼に促《うなが》され、病院内のコンビニエンスストアに入る。

病院内にあるとはいえ、品ぞろえは町なかのそれと変わらない。だからこそ、郁はここが病院だということを忘れそうになった。

病院じゃなければ、どれだけよかっただろう。

さっきの、真っ白なリオの顔が頭から離れない。

「うーん、葉邑はどれがいいと思う？　女の子に人気の雑誌ってどれだろう」

「俺に聞くなよ……。わかんねえ」

「だな。バスケしかしてないと、こういう時に困るな」

マガジンラックの前で男子高校生が二人、他愛《たわい》ない会話をする。

淳哉の口調も態度も、いつもとなにも変わらない。

だが彼の横顔を仰《あお》ぎ見て、郁は若干《じゃっかん》緊張した。

「あの……勝手に来て怒ってる、よな。ごめん、俺……」

「いや、驚いたけど、怒ってるわけじゃないよ。むしろ試合で疲れてるのに悪かったな」

「そんなのは別に」

「リオもちょっと弱気になってたからね。葉邑が来てくれて、元気が出たみたいだ」

嘘《うそ》だ、と漠然《ばくぜん》と思った。

全部が嘘ではないかもしれないが、淳哉は怒っている気がする。家族の事情に他人が踏み込んできて、怒らない人はいないだろう。

(なんで俺、こう考えなしなんだ……)

表面上は和《なご》やかなものの、ぎこちない空気のまま、郁は淳哉と雑誌を選び、リオの病室に向かった。

十階建ての病院の、五階から上が入院患者用の病室らしい。

六階の個室にリオはいた。

「い、いらっしゃい! ……いらっしゃいは変かな。雑誌ありがとう」

郁が病室で雑誌を手渡すと、リオは気恥ずかしそうにはにかんだ。

先ほどよりは頬に赤みが差していて、郁は少しほっとする。だが、

「口のまわり、赤いのついてねえ?」

「うそっ。あ、やだ、ちょっと待って!」

色つきのリップクリームをつけすぎたのだろうか。

手鏡を見ながら慌てて唇《くちびる》をぬぐうリオを見て、思わず郁は噴き出した。

「……今、笑った?」

「笑ってねえ」

「絶対笑ったでしょ！　今すぐ忘れて……！」

恥ずかしそうにこちらをにらんでくるリオは、さっき一階で見た時よりも元気そうだ。

一つ一つ、彼女が元気そうな点を見つけては、郁は安心する。

「お兄ちゃんは？」

「さっき医者に呼び止められて、どっか行った。すぐ戻るって言ってたけど」

「じゃあいいの。……そうだ、この前はありがとう。一、二週間くらい前、学校で私が倒れた時、葉邑くんが運んでくれたんだってね」

リオはにこりと笑った。

「お礼が遅くなってごめんね。あのあと色々あって、タイミングが合わなくて」

「学校には来てたんだよな？」

「うん、でも保健室にいたり、途中で帰ったり」

それはつまり、相当具合が悪かったということだろう。

少し前に安心した気持ちに冷水をかけられたような気がする。

顔をこわばらせた郁に気づいたのか、リオがさりげなく話題を変えた。

「大丈夫。それより葉邑くん、準決勝進出おめでとう。さっきお兄ちゃんから聞いたけど、ベスト四ってホントにすごいよ！」

「ああ……うん」

「一日に二試合するなんて、考えただけで息が切れそう。明日も大変だろうけど……頑張ってね。ミクちゃんたちにさっきメールしたら、明日は応援に行くって言ってたよ」

「誰？」

「クラスの友達。葉邑くんに運んでもらった次の日、色々聞かれたの。あんなイケメンいたっけ？　って聞かれたから、葉邑くんのこと宣伝しちゃった」

「……光原はやっぱり来れない？」

応援に来てくれる人がいるというのは嬉《うれ》しいが、ただそれだけだった。

それよりも、決勝まで残ればリオも淳哉の応援に来るだろうと思っていた分、ひそかに落胆する。

もっとも、今はそんな場合ではないと郁自身もわかっていたが。

「入院っていつからだったんだ？　俺、なにも知らなくて……」

「昨日から。恥ずかしいから周りには言わないでってお兄ちゃんに頼んでたんだ。ミクちゃんたちにも、普通に風邪《かぜ》って言ってるの」

身体《からだ》が弱い自分を恥じているのだろうか。

笑顔でふるまうリオが、郁にはとても危うく見える。

「あんまり無理するなよ。きつい時にきついって言わないと、あとあともっときつくなるし」

「ふふっ、なんか経験者は語るって感じ」

「茶化すなって。……淳哉さんだって、妹に甘々じゃん。今日だって試合終わった途端、一人で別行動するから、なんだと思った」

「う……ごめんなさい」

「いや、文句じゃなくて！　淳哉さんなら、なに言っても光原の味方だろ。弱音でもなんでも吐けばいいいし、その……うまく言えねえけど、だから」

「葉邑くん？」

「俺も！　なにかあるなら聞くし。そんな風に笑うなよ……」

――大丈夫、平気、問題ない。

リオはいつもそう言う。

そんなふうには見えないのに、リオはそれでも笑うのだ。

ただ強がっているのとも違う気がする。

まるで、自分には弱音を吐く資格がないと思っているように見えてしまって、気になって仕方がない。

「……うん、でも、頑張らないと」

「頑張る？」

「病気にね。負けちゃいけないから。弱音なんて、吐けないよ」

その声からは、病気に立ち向かう意思をあまり感じなかった。
むしろ、この先どうすることもできなくて、途方に暮れているように聞こえる。
なぜそんなことを言うのか、郁にはさっぱりわからない。
「……光原」
もどかしさが募《つの》り、きつく拳《こぶし》を握りしめた。
それに気づいたリオが顔をあげた。
視線が絡《から》む。
ハシバミ色の瞳《ひとみ》が、苦しそうに揺れていた。
……助けて、と言われた気がした。
「話せよ……聞くから」
どう言えばいいのかわからないまま、無意識に口を開く。
それが正解だったのかはわからない。
ただ、リオは安堵《あんど》したような、嫌われることを恐れるような、罪を懺悔《ざんげ》するような……
複雑な顔で、少し笑った。
「ありがと。……この病気はね、中二の四月に突然発症したんだ」
やがて、リオがぽつりと呟いた。
ずっと言えなかったなにかを無理やり吐きだすように、ハ、と小さく息をつく。そして胸もとをぎゅっと握りしめ、かすれる声で言葉を続けた。

「肺に穴が開いて、呼吸ができなくなる珍しい病気。似たような症状の病気は他にもあるんだけど、これは若い女性に多いみたい」

「そうなのか……」

「死亡率は高くないけど、完治するのも難しいの。遺伝子異常から来るらしくて、一生発症しない人が多いけど、私はダメだった。普段は体育の授業を見学するくらいだけど、穴が大きくなると手術しなきゃならなくなって……もっと病気が進行したら、肺移植することになるみたい。……そういう、病気」

静かに話すリオの声がわずかに震えた。

「発症した時はすごく泣いたよ。私もお兄ちゃんほどじゃないけど、スポーツが好きだったから、これから一生、全力で走れないってわかって、泣きわめいて……」

ふいに、リオの呼吸が乱れた。

ただ話しているだけで、階段を全力で駆けあがった時のように肩で息をしている。

リオの顔が白くなっていくのがわかり、郁は慌ててその肩を摑《つか》んだ。

「大丈夫か？　今、医者呼んで……」

「大、丈夫……ッ、変なこと話してごめんんね。でも私、ずっと葉邑くんに言ってないことが」

「聞くさ！　なんでも聞くから」

とっさに言い返す。

ありがとう、と笑うリオが、なぜか謝っているように見えた。

「お医者さんから自分の病気について聞かされた時、『あ、終わったな』って思ったの。私の人生、この先はもう楽しいこと、なにもないなって」

「そんなことないだろ……」

「うん、時間がたったら前向きになれた。でもその時は全然ダメで。……なのにお兄ちゃんは頑張ろうって言ったの。俺たちも協力するから、病気に負けちゃダメだって」

「……はは、言いそうだ」

バスケ部に誘われた時のことを思い出す。

いくら拒絶しても、淳哉は熱心に距離を詰めてきて、こっちの本心をかき乱す台風みたいだった。

誘ってきたのが淳哉じゃなければ、郁は今もバスケを再開していなかっただろう。

「お兄ちゃん、頼もしいのに、当時、の私は許せなくて。『他人事《ひとごと》だと思って！』って怒って暴れて……でもお兄ちゃんは逃げずに全部受け止め、てくれたの」

ぶつぶつとリオの言葉が途切れる。

ぎゅうっと自分の胸もとを掴み、リオは歯を食いしばった。

「なの、に……ううん、だ、だから私……悔しくって……無理、なこと言って悪かったって、お兄ちゃん、に謝らせたくて……ひ、ひどいこと」

「ひどいこと？」

「じゃあ、お兄ちゃんも頑張って、みせてよ、って。……『私に無茶、なこと、させるならお兄ちゃんも無理なこと、やってよ！』って言って」

「……」

「その頃、杏城高校ってバスケ部が、なかったから、バスケ部作って、県大会で優勝して！　って。私……私は」

キラキラとなにかがリオの顔で光った気がして、郁は息を飲んだ。

リオは声を殺して泣いていた。きつく拳を握りしめて胸に押し当て、ベッドの一点をにらみつけて。

「私が、お兄ちゃんの高校生活を決めちゃった……」

「光原」

「お兄ちゃん、バスケがそん、なに好きじゃなくて……だから琴ケ乃《ことがの》の、推薦も蹴《け》って、バスケ部、のなかった杏城を選んだんだって私、わかってたのに……。で、もお兄ちゃん、それからほんとにバスケ部作って……わ、たしのせいで三年間……っ、葉邑くんたちも、ま、巻きこんで……ごめ、ごめんなさ……」

はじけるように、涙の粒が白い頰を伝って落ちる。

苦しげに謝り続けるリオに、郁はなにも言えなかった。

そんなに泣いたら、呼吸困難になってしまう。ただでさえ苦しそうで、今にも倒れそうなのに。

「光原のせいじゃ……」

リオの肩を支え、ただ首を振る。

だが同時に、自分の抱いていた不穏さと違和感の正体に気づいた。

(淳哉さんが吾妻たちをあっさり諦《あきら》めたのは)

きつい練習をこなせないなら仕方ない、と吾妻たちを引きとめなかったのは。

(一度も全国制覇って言わなかったのは)

いつも、県大会で優勝したいと言い続けていたのは。

コーチ役もマネージャー役も一人でこなし、ひたすら先頭に立って頑張っていたのは。

(全部、光原のため《いもうと》……?)

風間たちを集めて、バスケ部を作ったのも。

黒田のようにバスケを辞めようとしていた生徒を一人一人説得したのも。

バスケが好きなのに二の足を踏んでいた郁を誘ったのも。

なに一つ、バスケ部のためではなかったのだろうか。

# 【 8 】

翌朝、郁《いく》が起きた時、雨が降っていた。

町は夕暮れ時かと思うほど薄暗く、どことなく不吉さを漂わせている。

まるで風邪《かぜ》のひきはじめのように、骨の髄《ずい》に沁《し》みるような冷気を感じた。梅雨冷《つゆび》えというやつだろうか。

「……いよいよか」

ベッドわきのカレンダーを見て、郁は呟《つぶや》いた。

六月最初の土曜日には赤いマジックで「準決・決勝！」の文字が書かれている。

今日、二試合勝てば県大会優勝だ。

ここで勝てば、高校総体《インターハイ》に進める。

勝てば勝つだけ、今のチームが続くと思っていた。すでにもう二人減ってしまったが、これ以上は減らないと思っていた。

このまま、どこまでも行けると信じていたのに。

「ハム助、おせーぞ。一年のくせに、遅刻してんじゃねー!」

朝八時前、杏城《あんじよう》高校に向かうと、正門前に立っていた風間《かざま》が声を張り上げた。

普段よりもテンションが高い。

県大会の四強に残ったことで、気が高ぶっているのだろう。

「気持ちわりい……」

「アァ?　おめー、まさか風邪ひいたとか言わねーよな」

「俺じゃなくて、風間がテンション高いのが気持ち悪い!　あと、集合時間は八時だろ。まだ十分くらいあるし」

「うるせー!　俺よりあとに来た奴は全員遅刻に決まってんだろ!」

「決まってねえし……」

ぼそぼそと文句を言うが、風間はまったく聞いていない。すでに十時半からはじまる準決勝のことで頭がいっぱいのようだ。

門の脇《わき》には小型のマイクロバスが停《と》まっていて、バスケ部員たちが車体の荷物入れに、自分たちの荷物を積み込んでいた。

(風間は知ってたんだよな)

ずいぶん前、郁が全国制覇を目指すと言った時、風間が変な顔をしたことを思い出す。

あの時、彼は淳哉《じゅんや》の目的が県大会優勝で止まっていることを知っていたのだろう。

いや、男子バスケ部を立ち上げた三年生の部員四人は全員、淳哉の目的を知った上で協力していたのかもしれない。

別に、同じ部にいるからといって、全員が同じものを目指さないといけないわけではない。

吾妻《あづま》や西園寺《さいおんじ》のように辞《や》めるわけじゃないのなら、それ以上のものを求めるのは郁の身勝手だ。

自分でもそうわかっているつもりなのに。

「風間、淳哉さんは今日、来ないんだよな」

自分で思っているより固い声が出た。

風間が片眉《かたまゆ》をあげたのが見え、そんな些細《ささい》なことになぜかものすごくむっとする。

「光原《みつはら》が！　今日は検査するだけらしいけど、結果次第で手術するかどうかを決めるって言ってた。もし妹が即手術ってことになったら、兄貴ならそばにいたいもんな！」

「あー、そんな話になってたのか。それだけどよー」

歯切れの悪い風間に郁がいぶかった時だった。

「ああ、やっと来たか。まさか葉邑《はむら》が一番遅いとは思わなかったから心配したよ」

バスの陰から淳哉が出てきた。部員たちの荷物の積みこみを手伝っていたらしい。

「淳哉さん、なんで……」

「早く荷物を入れて、バスに乗りこめ。もうすぐ出発するぞ」

寝坊か？　と明るく笑いかけてくる淳哉はいつもと同じように見えた。

とても、難病を抱《かか》えた妹がいるようにも、彼女との約束を果たすために今日までひたすら頑張ってきたようにも見えない。

ぐらりと郁の中で、なにかが傾いた気がした。

「淳哉さん、なんでいるんだよ。病院は？」

「両親がついてるから大丈夫だよ。大体、準決勝なのに部長が休むわけにいかないだろう？」

「……ッ」

模範《もはん》解答のような言葉が返ってきた瞬間、めまいを覚えた。

なぜいつも通りにふるまえるのか。

なぜリオについていてやらないのか。

なにより、ここに淳哉がいることに安堵《あんど》した自分自身に、一番激しい怒りを覚えた。

「……帰れ」

「葉邑？」

異様な空気を察してか、部員たちが郁たちのほうを見る。

だが黙れない。喉《のど》が熱い。焼けそうだ。

「行けよ。病院。今すぐ！」

駅に続く下り坂をまっすぐ指さした。

「絶対大丈夫ってわけじゃねえだろ。光原を一人にするなよ！」

「葉邑、落ち着け。一人にするなって言っても、検査を受ける時は一人なんだし……」

「そういうことじゃねえって！」

淳哉の胸倉をきつく摑《つか》む。

おい、と部員たちがざわめいた。

「……っ、なんであんなふうに光原が泣かなきゃいけねえんだ。あんな約束、なんで最初に淳哉さんが無理だって突っぱねなかったんだよ！」

「葉邑、お前、それ聞いて……」

「あんなの本気にされたら、バスケ部が結果出した分だけ、光原は苦しいじゃねえか！あんた、病気の家族に向き合うのが怖くて、バスケに逃げてただけじゃねえの？　そうじゃねえなら、今度こそちゃんとついててやれよ……！」

ぎりっと唇《くちびる》を嚙《か》みしめる。

本心だ。全てが郁の本当の気持ちだ。

それにもう一つ。

「俺は……あんたがバスケ好きだって思ったから……俺が全力出しても、ひいたりしねえって思ったから！　今度こそッ、本気でやれると思ったから、誘われた時、嬉《うれ》しかったんだ」

「葉邑、それは」

「好きじゃねえなら、いないほうがいいよ。やる気ないなら辞めちまえ！」

似たようなセリフを中学時代にも言った。

それで壊れた。

わかっているのに、また言ってしまった。

何度後悔すれば、自分は学習するのだろう。

だが……それでも。

「ミドリ、準決、任《まか》せてもいいかな」

少し沈黙したあと、淳哉が風間に言った。

了解した、というように風間が軽く手をあげる。

淳哉は短く息を吐くと、集まってきた皆に頭をさげた。

「みんな、ごめん。実は妹がおといから入院してて、今日の検査結果で手術かどうかが決まるんだ。午前中、抜けさせてもらえないかな」

「そういうことだったんですか」

事情を知らない一、二年が沈黙する中、合点《がてん》がいったように黒田《くろだ》がうなずいた。

「家族の心配をしながら、試合はできないでしょう。俺も葉邑に賛成です」

「だ、大丈夫です、キャプテン！　ぼくたちで絶対、準決勝は勝ちますから！」

藤丸《ふじまる》が握り拳《こぶし》を作って力説すると、覚悟が決まったように、皆も次々にうなずいた。

「ありがとう。当日の朝にこんなことを言い出して、本当にごめん。……葉邑、任せたぞ」

淳哉は郁の肩に手を置き、それを最後に、きびすを返した。

そのまま、振り返らずに坂を駆け下りていく。

「まあハム助にしちゃ上等だ。よくあの頑固バカを走らせたなー」

風間に小突かれ、郁は我に返った。

「なんだよ、それ」

「俺ら三年は最初から、事情聞いたうえでバスケ部作るのに乗っかったからな。今さらやめろなんて言えねーさ。ああいうのは、これまでのことをなにも知らねー生意気な後輩の役目ってな」

「……淳哉さん抜きで勝てるかな」

「負けたら、むしろおもしれー。自分が試合ドタキャンしたせいでベスト四どまりとか、あのバカでもさすがに凹《へこ》むだろ」

ケケケ、と面白そうに笑いながらバスに乗りこむ風間を追いつつ、郁は下り坂を振り返った。

——淳哉はもう戻ってこないかもしれない。

ふとそんな予感が胸をついた。

＊　＊　＊

準決勝は異様な空気の中ではじまった。

「ハム助！」

矢のように鋭いパスが風間から郁に通る。

「させるか！」

相手のディフェンダーが郁の前に立ちはだかる。

身長は優に百八十センチ超え。百六十八センチの郁と比べると、頭半分ほど背が高い。

準決勝の相手、私立黄樽《きたる》高校は毎年、琴ヶ乃《ことがの》高校と優勝を争う強豪校だった。しかも、この数年間は琴ヶ乃高校に負け続け、高校総体《インターハイ》への切符を逃している。

今年こそは、と選手たちの士気は高い。

この日のために猛特訓をしてきたのだろう。……だが、

「負けねえ……！」

郁はスッと目を眇《すが》めた。

一つ、二つ、三つ。

眼差《まなざ》しとわずかな体重移動で、瞬時にかけたフェイントは三つ。

それらに気を取られたディフェンダーの足をその場に縫《ぬ》いとめる。

「……っ」

短く吐いた息すらその場に置き去りにして、郁はディフェンダーの脇をドリブルですり抜けた。

走りながらゴール下に切り込み、シュートを決める。

（まだだ）

自陣に戻りながら、敵チームを見渡す。

左サイドに走ってきた敵選手の手が動いた。

「……そこだ！」

手の動きがわかれば、パスの軌道《きどう》がわかる。

振り向くことなく腕を伸ばし、パスカットした瞬間、会場が大きくどよめいた。

今度はゴール下を目指さない。

その場で身体《からだ》を反転させ、郁はミドルシュートを放った。

バスッ、と小気味の良い乾いた音を立て、ボールがリングネットをくぐる。

どうっと観客席が揺れた。歓声で。

「いっくん、ナイシュー!!　一気に四点！」

今度こそ自陣に戻った郁を、藤丸が歓喜の声で迎えた。

風間も笑顔だ。

「やるじゃねーか、ハム助。絶好調かよ」

「……まだ、こんなもんじゃねえよ。油断するなよな、風間」

「ハハッ、ナマイキ！」

不遜《ふそん》さを咎《とが》めるように郁の頭をかき回しつつ、風間の機嫌は上々だ。

淳哉を欠いた準決勝。

試合は第三クオーターまで進み、郁たち杏城高校が十点リードしていた。

はじまる前は、誰がこの展開を予想しただろう。どうせ今年も決勝は琴ヶ乃高校と黄樽高校の一騎打ちだとささやかれていた下馬評《げばひよう》を、杏城高校は簡単に覆《くつがえ》した。

（大丈夫だ。できる）

郁はディフェンスをしながら、自分に言い聞かせた。

淳哉がいなくても、きちんと集中できている。

落ち着いて戦況を確認できているし、視野も広いままだ。

(なにも問題ねえ。俺はできてる)
……危うい集中力だった。
限界まで張りつめた気持ちを、郁は無理やりつなぎとめる。
調子は悪くなかった。
活躍もできていた。
……だが、観客の声は耳に入らず、少しも高揚《こうよう》していなかった。
こんな感覚は初めてだ。走り回るたびに、心が冷えていく。
怖い、気がする。
逃げたい気がする。
(いや、勝つんだ)
心の奥の泣き言を、意志の力でねじ伏せる。
目の前に来た敵チームの選手がボールを受け取った。
「……ッ」
目が合った瞬間、なぜか相手がぎくりとしたように見えた。
──化け物でも見たように。
けげんに思ったが、それだけだ。
郁は相手の懐《ふところ》に飛びこみ、ボールをカットした。

「っし！　ハム助、そのまま行け！」

風間の声を背にうけ、郁は敵陣に突っこんだ——。


「はー、上々、上々！」

試合後、風間がゆかいそうに上機嫌で鼻歌まじりに言った。

杏城市の市民体育館に作られた二階席には、淳哉をのぞいた杏城高校の男子バスケ部員が集まっている。

八十七対、七十。

十七点差で杏城高校の勝利だ。

予想以上の快勝に、部員たちの顔は明るい。

「よくやったな、ハム助。いやー、ちっこいのがちまちま走り回ると、作戦が組み立てやすいこと！」

バンバンと背中を叩《たた》かれ、郁は咳《せ》きこんだ。

「……褒《ほ》めてねえだろ、風間」

「大絶賛に決まってんだろ。おめーが中に切り込んでいきゃ、外のスペースが空《あ》くだろー？　そしたらスリー打ち放題だし、相手がこっちを警戒してきたら、おめーを中につっこませりゃいい。中、外、中ってのはバスケの基本だが、ああも手本通りにはまると気持ちがいいわ。この調子で決勝も行けよ！」

「葉邑、調子は」

スッと脇からスポーツ飲料の入ったボトルが差し出された。

わずかに心配そうな顔をした黒田に気づき、郁は意識して唇の端をつりあげた。

「へーきッス。黒田さんは」

「問題ない。お前が一番走り回っていたからな。決勝は約二時間後……。少しでも身体《からだ》を休めておいたほうがいい」

時計を見れば、ちょうど正午を回ったあたりだった。

このあと、十四時から決勝戦がはじまる。

「相手はやっぱり琴ヶ乃だね」

同じく二階席にいた藤丸が、一階を見おろして拳を握りしめた。

郁たちに遅れること約十分。メインアリーナで行われていた、もう一つの準決勝が終わった。

スコアは百十一対七十で、琴ヶ乃高校の圧勝だ。

奇《く》しくも相手チームの点数は郁たちと同じ七十点だが、自チームが積み上げた点数が違う。郁たちは八十七点取って大喜びしているのに、琴ヶ乃高校は簡単に百点越えだ。

築き上げた点数差がそのまま、両校の実力差のように思えてしまう。

勝利の余韻《よいん》に浸《ひた》っていた杏城高校の面々が押し黙る。

普段ならばここで、淳哉が明るく皆を元気づけるのに。

「風間、淳哉さんから連絡は？」

「こねえなー。こっちの結果はさっき送った」

自分の携帯電話をちらつかせる風間にそれ以上は尋《たず》ねられず、郁は黙った。

(光原、平気だったのかな)

検査は無事に終了したのだろうか。結果は良好だったのだろうか。そんなすぐにわかる検査ではないのかもしれない。もしくは、

(悪くて即手術、とか……)

だから淳哉から連絡がないのだろうか。もしくは、郁にも想像がつかないほど悪い結果だったら……。

何度振り払っても、嫌な考えが思い浮かぶ。

リオのことが気にかかる。

同じくらい、ここに淳哉がいないことも。

「ちょっとトイレ行ってくる」

藤丸たちに断り、郁は一人、席を立った。

「はー……」

市民体育館の廊下で、郁は大きく息を吐いた。

熱気が充満していたメインアリーナと比べ、廊下はかなり涼しげだ。

外ではまだ梅雨《つゆ》時期の雨が降っているのかもしれない。

廊下にも人があふれていて、あちこちで話し声が聞こえた。

応援のために訪れたらしい私服姿の大人も多いが、大半は学生だ。すでに敗退した学校のバスケ部員や、他県から偵察《ていさつ》に来たらしき少年少女が目に付く。

あちこちで「決勝」という単語が聞こえた。

予想外の事態が起きて、決勝の相手が例年と違うことに驚いているが、決勝の結果を予想しあう声は一つもない。

優勝候補の一角だった黄樽高校が敗北したからこそ、もう琴ヶ乃高校の勝利は揺るがないと思っているのだろう。

事実、観客の関心はもう高校総体に移っていた。

何県ではどの学校が勝ったのか。この先はどの学校が勝ちあがりそうか……。

「……ッ」

決勝はまだはじまってもいないのに、もう琴ヶ乃高校の優勝が決まったようだ。

そんな、悪気のない観客の総意に圧倒される。

試合がはじまれば、この空気は一層色濃くなるだろう。

会場中を包むその意思に、果たして自分たちは耐えられるだろうか。

たった十一人で。

いや、淳哉が来なかったら、十人で、だ。

「あ」

ゾッとして震えそうになった時、そばで小さな声があがった。

視線を感じて顔をあげ、郁は目を丸くする。

「駒井《こまい》」

数時間後に対戦する琴ヶ乃高校の駒井が立っていた。

ゴールデンウィークの練習試合以来だが、相変わらずだ。七分刈りだった髪の毛はやや伸びているが、三白眼《さんぱくがん》に変わりはなく、郁を睨《にら》みつけてくる。

だが、姿かたちではないところで、郁は息を飲んだ。

「ナンバー」

「おう」

駒井は琴ヶ乃の正式なユニフォームを着ていた。

中学時代、郁も憧《あこが》れていた「稲妻」だ。

十八番、と番号はかなり後ろだが、これは実力順で割り振られるものではない。一年生から三年生までの間で、駒井よりも早くユニフォームをもらった部員が十七人いただけの話だ。

「決勝戦はベンチにも入る。やっとまたお前と戦えるってわけだ」

駒井が見返してくる。焼き殺されそうなほど強い視線は前と同じだが、どこか雰囲気が違う気がした。

「一年でレギュラーか。すげえな」

「相良《さがら》もだ。あいつは決勝、応援席だけどよ。PG《ポイントガード》の先輩が三人とも絶好調で、どう頑張ってもアイツまでは出番が回ってこねえから」

「そうか」

一軍に上がってもなお、一つのポジションに三人もの選手が上にいることに驚くが、それよりも相良や駒井に感嘆《かんたん》した。

彼らは一年生でありながら、熾烈《しれつ》なレギュラー争いを勝ち抜いて、ユニフォームを手に入れたのだ。

その努力を、郁は想像することもできない。

今はもう、別世界の話として聞くばかりだ。

がめた。

今だけ別行動をしているのだろうかと思った郁に、駒井は怒りをにじませながら顔をゆ
四月にスポーツ用品店で会った時も、附属中時代の部員たちと行動を共にしていた。
中学時代、駒井は常に友人に囲まれていた。郁と揉《も》めた時も他の部員を仲間につけたし、
「他の奴らは？」

「あいつらは辞めた」

「えっ、誰が!?」

「俺と相良以外、附属中から進学した連中全員だ。練習についていけねえってよ。どんなに頑張っても、試合に出られねえなら意味ねえって」

「マジか……」

吾妻たちに言われたことが脳裏をよぎった。

言葉をなくす郁を前に、駒井はがつっと床を蹴《け》りつける。

「意味とかなんだよ！　ごちゃごちゃ愚痴《ぐち》吐いてんじゃねえよ。部員が百人以上いることなんて、最初からわかってただろうが！」

「あ、ああ」

「ドラマの最終回がどうとか、ライブがどうとか知らねえよ！　そっち優先して部活サボってんのに、三軍から上がれねえとか文句言ってんじゃねえよ。テメエらがドラマ見てる

時も、こっちは吐きながら練習してんだ！　うまくなって当然だろ！」

「おお」

「……だからっ、あいつらはもういい。勝手に青春を謳歌《おうか》すんだろ。青春ってなにするんだか、よくわかんねえけどな」

ケッと吐き捨てるように言い放つ駒井を前に、郁は目を丸くした。

駒井は気づいているのだろうか。彼が言った言葉はほとんど、中学時代に郁が彼に言ったものと同じことに。

「……駒井、マジでバスケやってんだな」

「ああ!?　当たり前だろうが！」

なにも考えずに、うっかり言ったら怒鳴られた。

廊下を行きかう通行人が何事かと振り返る。

ジャージやユニフォームを見れば、自分たちが決勝で対戦する二校の選手だとわかるだろう。試合前に揉《も》めていると思われてはまずい。

「お、落ち着けよ。バカにしたわけじゃねえって。駒井が本気出したならやばいなって思っただけだ」

「当然だ。葉邑にだけは、ぜってえ負けねえからな！」

「……ふっ」

「アァ!?　なに笑ってんだよ！」

「笑ってねえよ！　けどなんか……なんかさ。なんか変な感じだ」

「意味わかんねえ！　ニンゲンの言葉喋《しゃべ》れ、あほが！」

「うるせえな！　駒井がまじめに練習する日が来るなんて思わなかったんだよ！」

「それは……っ」

駒井が言葉に詰まった。

彼もまた、忘れてはいないのだろう。練習を嫌い、郁と揉めた中学時代を。

なにか言いかけたものの、結局駒井は口を閉ざし、床をにらみつけた。

「……お前に勝つためなら、なんでもやってやる。なりふり構ってられるかよ」

「ははっ」

真正面から叩きつけられる敵意がなぜかすがすがしい。

中学時代はこんな風ではなかった。

駒井は常に郁を無視し、ため息をつき、目を合わせずにそっぽを向いていた。

(同じポジションを奪い合っていたから……)

ただ会話をするだけでも、違うユニフォームを着て、向かい合わなければならなかったのだろうか。

呆《あき》れるほど不器用だ。自分も、駒井も。

「……俺はっ！　謝らねえぞ」

わずかに沈黙が落ちた時、おもむろに駒井が言った。なんのことか、はっきりと言われなくても郁にもわかった。

「反省なんてしねえ。やりなおしたいとも思わねえ。謝るなら、最初からすんなって話だしな！」

「……駒井」

「俺が謝ったら、お前は多分許すだろ。……こんなの、終わらせてたまるか。俺は一生謝らねえ。俺は……！」

謝っても、過去は変えられない。

駒井はそれを知っている。謝って、許されて、楽にはならないと言っている。

だから郁も許さなかった。中学時代の苦い経験は、今も郁の足を引っ張ることがある。

「ああ……いいさ。勝負だ」

「当たり前だ！　今日こそお前、ちゃんとS　F《スモールフォワード》で出てくるんだろうな!?　逃げるんじゃねえぞ！」

念を押しながら駒井はアリーナに入っていった。

その背中を見送り、無意識に入っていた肩の力を抜く。

（駒井は前に進んでる）

練習が嫌いで、集団で一人を無視した彼はもういない。

今の駒井は巨大な化け物のようなバスケットボール部でレギュラーを取った男で、郁にとっては途方もない強敵だ。

……勝てるだろうか。

淳哉を欠いた、自分たちで。

「おー、ハム助、はよ来い」

その時、背後から風間が声をかけてきた。

振り返れば、杏城高校のバスケ部員が勢ぞろいしている。

「更衣室空《あ》いたから行くぞ。そっちで準備しながら待つ」

「もうそんな時間かよ」

……どくん、と心臓が鳴った。

ずっと落ち着いていた身体が急にこわばる。

胸が苦しくなり、呼吸が乱れた。

部員たちに促《うなが》されて更衣室に向かいながら、郁は自分の変化に戸惑《とまど》った。

(マジかよ)

準決勝では絶好調だったはずだ。そして今、自分は駒井の本気に触れ、真剣に挑もうとしていたのに。

（このタイミングで？　嘘《うそ》だろ）

突然、猛烈な緊張感を覚えた。

同時に、集中力が切れる。

決勝戦がはじまる直前の、まさに今。


「……い、おい、ハム！　ハム助！　……葉邑！」

どこかで荒い声が聞こえ、郁はのろのろと顔をあげた。

「……あれ？」

気づくと郁は更衣室で佇《たたず》んでいた。

いつの間にかジャージを脱ぎ、十二番の白いユニフォームを着ている。

一瞬、自分がなんでこんなところにいるのかわからず混乱していると、背後から頭をわしづかみにされた。

「正気に戻れ、あほ！　意識ぶっとばしてるヒマはねーぞ！」

「…………」

誰だお前、と聞きそうになり、寸前で思い出す。

誰だもなにもバスケ部のむかつく先輩、風間ミドリだ。

「淳哉さんは？」

「連絡ねーから腹くくれ！　今から病院出たって、ここまで数十分はかかる。うまく行っても前半のうちは間に合わねー」

「……そうか」

「そうかって、ぼんやりしてんじゃねーよ、おめーはもー！　前半で勝負がついちまってたら、後半に光原が来ても意味ねーんだぞ！」

「わかってる」

バスケでは一般的に、十五点から二十点がセーフティーリードと考えられている。それだけ点差を広げれば、ある程度勝ちが見えてくる。逆に、それだけ点差をつけられてしまえば、逆転はかなり難しい。

単に、追加で二十点取ればいいという話ではないのだ。

自分たちが二十点差をつけられた相手から、それだけの点数を取らなければならない。そんなことは奇跡が起きない限り、まず無理だ。

(負ける)

点差が開いたら、という仮定を考えただけなのに、足が震えた。

敗北の二文字が脳裏に焼きつく。

「……うぃー、おー、光原か」

「……‼」

その時、廊下に出ていた風間ののんきな声がした。とっさに更衣室を飛び出すと、風間が携帯電話を耳に当てている。
ミ、ツ、ハ、ラ、と口を動かす彼に、気の早い部員たちが歓声をあげた。彼から連絡が来ればもう大丈夫、というように。
むろんそんなわけはない。すぐに皆、固唾《かたず》をのんで風間と、彼の持つ携帯電話を見守った。

「へーへー、妹の検査は無事終了で、経過は良好。明日にでも退院できる、と」

(光原……よかった)

郁はホッと息をついた。

緊張で冷え切っていた指先にかろうじて小さな熱が通う。今にも消えそうな、弱々しい熱だったが。

「んで……あ?　あー、はあ、なるほど。……ふぅん」

「?」

風間が一瞬ちらりと視線を投げてきた。

なにかを言いたげなまなざしに、郁は違和感を覚えた。

「今日はこのまま帰る、と。……は?　部員たちにずっと黙ってたから顔向けできねー?　まー、そうかもなー。おめー、一、二年を騙《だま》してたんだし」

「な……なんだよ、それ」

郁は唖然《あぜん》とした。

風間を通して聞かされた言葉はあまりにも身勝手な言い分だ。

「……っ、逃げてんじゃねえよ、ずりいぞ!!」

気づくと郁は風間から携帯電話を奪い取っていた。

通話口の向こうで淳哉が息を飲む気配がする。

「これだけ全員、振り回しといて、勝手なこと言ってんじゃねえよ！　一人ではじめたからって、一人で終わらせられるわけねえだろ！」

『葉邑……』

(なに言ってんだ、この人は……！)

中学時代の失敗がきっかけで、郁は誰かに対して怒ることがほとんどなかった。勝ち気で負けず嫌いなくせに、自分に自信がなくて、不安が消えなかった。

だが今、試合に対する緊張も、負けるかもしれない恐怖も、完全に頭から飛んでいた。

身体の奥が熱い。怒りで我を忘れる。

「はじめたきっかけなんて、なんだっていいんだよ。でも淳哉さん、言ったじゃん。県大会優勝するって。その目標は、もうあんただけのものじゃねえだろ……！」

それが悔《くや》しかった。

勝手に集めて、勝手に辞めて、あとはお好きにどうぞ、と言われても納得できるわけがない。

それでも仕方がない、と風間は言う。自分たちは彼の真意を知りつつ協力したのだから、ここで離脱されても仕方がない、と。

「……けど！　俺はなにも聞かされてないし!?　淳哉さんがバスケ部を作った理由は昨日初めて聞いたんだしさ！」

『葉邑、ちょっと待……』

「我儘《わがまま》で悪いな！　つか、一人じゃバスケはできないって言ったのは、あんただろ。なのになんで、ここで自分だけ抜けられると思うんだ？　ほんっと理解できねえ！」

『葉邑、待……』

「うるせえなっ！　今さらごちゃごちゃ言い訳すんな。俺がなんのために、またバスケをはじめたと思ってんだ。忘れんじゃねえよ。『一緒にやろう』って……あんたが！　言ったんだ！　そうだろ!?」

『そうだ。でも、落ち着……』

「今から来い！　淳哉さんが来るまで俺が持たせる。リードしたまま待ってるから……」

『葉邑……』

「早く来いよ！　俺は！　このチームで勝ちてえんだよ!!」

思いの丈《たけ》を絶叫した。

全てぶつけるつもりで叫んだ。

(ああ……そうだ)

自分はただ、このチームで勝ちたいだけだった。

中学時代も、今も。

自分一人で勝ちたいなら個人競技をやっていた。

チームで揉めても、一対九で試合をやる羽目になっても、それでもバスケにしがみついてきたのは……。

「全員で勝たなきゃ、意味ねえよ……っ」

こんな思いは通じないかもしれないと唇をかみしめた。

伝えたいと思うほうがおこがましいのかもしれない。

それでも言いたくて、我慢できなくて……そして、ふと違和感を覚えた。

(今、なんか……)

通話口の向こうから、淳哉のものとは違う、奇妙な声が聞こえた気がする。

——俺はこのチームで勝ちてえんだよ！

そんな……ものすごく恥ずかしい告白を。

「ああ、俺も同じ気持ちだよ」

「……ッ!!」

その時、廊下の角を曲がって淳哉が現れた。

口もとを押さえているが、笑っているのが明らかにわかる。

「じゅん……えっ……なんで……」

うひゃひゃひゃ、とけたたましく、郁の背後で風間が哄笑《こうしょう》をあげた。

笑い転げている彼にため息をつきつつ、淳哉は申し訳なさそうに言った。

「その……説明するタイミングがつかめなくて悪かった。連絡が遅れたけど、今、体育館に着いたって電話を……今、ミドリにかけたんだけど」

「――ッ！　風間あああ!!」

「うはははは、ハム助はほんとに期待裏切らねーな！　聞いてるこっちが恥ずかしくて汗かいたわ！」

「お前……お前ええええっ！」

思わず風間に飛びかかり、その胸ぐらをつかみあげる。

「葉邑、落ち着け！　今から試合なのに、スタメン一人欠場はまずいから！」

ぎりぎりと風間の首を絞め上げる郁を、慌てて淳哉が引きはがす。

最悪だ。信じられない。なんだこれは。

恥ずかしいどころの話じゃない。顔から火が出そうだ。

なのに藤丸たちが、全員ほほえましげな顔で笑っているから死にたくなる。

今すぐ市民体育館を飛び出して逃げ出したい。

(けど……っ)

なんとか踏みとどまったのは淳哉の一言。

——今から試合なのに。

その言葉は絶対、部外者だったら出ない。

「……淳哉さん」

ふっと力が抜けた。

「うん?」

いつもと変わらない顔で、淳哉が笑っている。

「光原は平気だったんだな?」

「ああ、新しい治療法がリオに合っていたから、これからは今まで以上に改善できる」

「そうか。よかった」

ホッと息をつくと、淳哉が安心させるように郁の肩を叩《たた》いた。

「聞いてくれ、葉邑。……みんなも。誤解してるようだけど、俺はずっとバスケがしたくて、部活をしてきただけだよ」

「……だから、今さら言い訳しなくてもいいって」

「きっかけは確かに妹の一言だったよ。中学時代の部員はみんな、練習嫌いなのに試合には勝ちたがる連中ばっかりで……正直、あの部員たちをなだめすかしてバスケをするのに疲れてたんだ」

「練習嫌いな部員って」

自分と同じだ。

啞然《あぜん》とする郁に、淳哉はうなずいた。

「琴ヶ乃から誘われたのも本当だけど、強豪校に行く気もなくなってたから、近場にあった杏城を選んだんだ。でもそこでバスケ部を作ろうとして、経験者を探して、顧問《こもん》を見つけて、一から部を作ってさ。練習メニューを考えて、練習相手を探してストバスのコートに行って、あっという間に一年たって、一人でも多く部員を入れたいと思って」

淳哉は指折り、自分のやってきたことをあげていく。

「黒田たちが入ってくれて、県大会に出て……楽しかった。夢中だったよ」

「淳哉さん……」

「練習がきつくて部員が退部する時は悔しかったな。話し合いを何度しても意見が変わらないなら諦《あきら》めるしかないからね。見送る時は、毎回つらい」

「話し合い……吾妻たちともしてたのか？」

「もちろん。でも練習を軽くするとも、実力がどうであれ試合に出すとも言えなかったから、仕方なかった。……中学の時は、そうしてきたんだ。相手の要望は飲んでやって、うまくいかない部分は自分が負担してた。面と向かって話し合って揉めるよりは、自分が我慢すればいいって……今思うと、傲慢《ごうまん》な中学生だったな」

くすりと淳哉は苦笑した。

「だから今はすごく楽だよ。やりたくないのにやってることなんて、なに一つない。なにもかもが楽しくて、この三年間、ずっとバスケ部のことしか考えてこなかった」

「でも光原は」

「リオにも当然、何度も言ったんだ。これはお前のためじゃなくて、俺が楽しくてやってるんだって。でもどんなに言っても、あの頑固者は信じてくれなくて……。挙句《あげく》の果てに、最初のきっかけだけを葉邑に話したって聞いて、頭を抱えたよ。なんで大事な準決勝前にそんな話をしたんだって、リオが病気になってから、初めてあの子を怒ってしまった」

「検査前なんて一番不安な時だろ。怒るのはあんまりじゃねえ!?」

「あいつはどうも葉邑に甘えてるところがあるからな。だから、葉邑を病院には近づけたくなかったんだ」

「……俺が勝手に行ったから怒ってるんじゃなかったのかよ」

「もちろん妹を心配して、来てくれた友人を追い払うほど、心が狭い兄じゃない」

友人、というところに力が入っている気がしたが、郁の気のせいだろう。……多分。

「……なんだ」

何度も淳哉の言葉を頭の中で繰り返し、郁は肩の力が抜けた。

部員たちも皆、呆気《あっけ》にとられたような……それでも安心したような顔をしている。

「なんだ。……じゃあ、いいや」

——淳哉さんもバスケが好きなら、いいや。

その言葉が、すとんと胸に納まる。疑い続け、不安で揺れていた心に、きれいに。

「……ずっと県大会のことしか話さなかったのはなんでだよ」

更衣室前の廊下を、十一人全員で歩く。

「あまり高い場所を見あげてたら、足もとの段差でつまずくかもしれないだろう？　そういうミスで負けたくなかったんだ」

「じゃあ……なら、ここで勝ったらどうする？」

もう「県大会後」は雲の上のことではない。

恐る恐る尋ねると、淳哉はにこりと笑った。

「もちろん行くよ。全員で、行けるところまで」

ならばもう、他に聞くことはなにもなかった。

この試合が終わっても、皆でその先を目指せるのなら……自分は迷いなく走っていける。

「じゃあ、まずは全国だ」

郁たちは廊下を進んだ。
眼前に体育館へつながる出口が見える。
光と歓声が、郁たちを包んだ——。

# *Position* ポジション解説

**PG**
ポイントガード

チームの指令塔であり、ゲームメーカー。

**SG**
シューティングガード

ＰＧの補佐役とも言われる。
オールラウンダーが多い。

**SF**
スモールフォワード

得点することを主な役割とする。
点取り屋。

**PF**
パワーフォワード

ゴール下を主戦場とし、
パワーを求められることが多い。

**C**
センター

チーム内でも身長の高い選手が務めることが多く、
ＰＦと並びゴール下の主力。

※この作品はフィクションです。実在の人物・団体・事件などにはいっさい関係ありません。

集英社オレンジ文庫をお買い上げいただき、ありがとうございます。
ご意見・ご感想をお待ちしております。

● あて先
〒101-8050　東京都千代田区一ツ橋2-5-10
集英社オレンジ文庫編集部 気付
木崎菜菜恵先生

# バスケの神様
## 揉めない部活のはじめ方

集英社
オレンジ文庫

2016年8月24日　第1刷発行
2017年6月19日　第2刷発行

著　者　木崎菜菜恵
発行者　北畠輝幸
発行所　株式会社集英社
〒101-8050東京都千代田区一ツ橋2-5-10
電話【編集部】03-3230-6352
【読者係】03-3230-6080
【販売部】03-3230-6393（書店専用）
印刷所　図書印刷株式会社

※定価はカバーに表示してあります


ISBN 978-4-08-680098-3 C0193